옥탑방 슈퍼스타

틴틴 다락방 · 2

옥탑방 슈퍼스타

ⓒ 최상희 2011

초판 1쇄 발행 2011년 5월 4일 | **5쇄 발행** 2019년 6월 12일
지은이 최상희 | **펴낸이** 이상훈 | **편집인** 김수영 | **본부장** 정진항 | **기획편집** 염미희 최윤희
디자인 신용주 | **마케팅** 조재성 천용호 박신영 조은별 노유리 | **경영지원** 이해돈 정혜진 이송이

펴낸곳 한겨레출판(주) www.hanibook.co.kr | **주소** 서울시 마포구 창전로 70 (신수동) 화수목빌딩 5층
전화 02-6383-1602~3 | **팩스** 02-6383-1610 | **출판등록** 2006년 1월 4일 제313-2006-00003호
홈페이지 www.hanibook.co.kr | **이메일** child@hanibook.co.kr

ISBN 978-89-8431-465-8 43810

• 이 책의 일부 또는 전부를 재사용하려면 반드시 저작권자와 한겨레출판(주) 양측의 동의를 얻어야 합니다.
• 책값은 뒤표지에 있습니다.

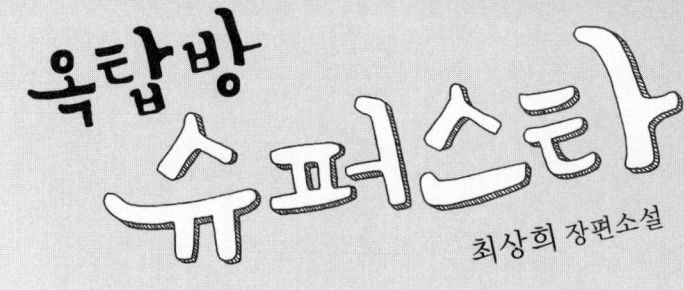

| 차례 |

1부 웰컴 투 드래곤엔터테인먼트 • 7

2부 우주폭발대마왕긴꼬리핼리혜성 • 67

3부 무척 하드한 트레이닝 • 99

4부 용의 아이들 • 177

작가의 말 • 242

...

 사람도 물고기도 다 미쳐버릴 것 같은 더위였다. 남자는 콧등으로 흘러내리는 땀을 연신 훔쳐냈다. 뜨거운 태양이 내리쬐는 그늘 하나 없는 백사장. 한 알 한 알 달궈진 모래 위로 아지랑이가 모락모락 피어올랐다.
 산발한 갈색 머리가 햇볕에 달궈져 빨간 불꽃처럼 타올랐다. 남자는 숯불 위에서 노릇노릇 타들어 가는 한 마리 꽁치가 된 기분이었다. 선글라스를 벗어 머리 위에 걸치고 두 눈을 부릅떴다. 부릅떴다고는 하나, 그대로 잠든 것이 아닐까 싶을 정도로 작은 눈이었다.
 물고기들이 단체로 바캉스라도 떠난 듯, 몇 시간째 찌는 미동도 없다. 남자의 낚싯대는 미끼도 달지 않은 채였다. 그냥 앉아 있기 맨송맨송해서 민박집 주인에게 급히 빌리느라 미끼는 깜빡했던 것이다. 그래도 눈 먼 놈이나마 한 마리쯤 걸려들기를 간절히 기도하기 시작했다. 염통이 밥을 넣어달라고 눈치 없이 신호를 보내기 시작한 것이다. 주먹밥이라도 싸주겠다는 민박집 주인의 말에 갓 잡은 싱싱한 생선회를 먹을 테니 칼과 초고추장만 준비해달라고 호기를 부렸던 게 후회막심이었다. 잡히기만 한다면 칼을 쓸 필요도 없이 그대로 우적우적 다 씹어 먹겠다고 결의를 다진다. 물만 거푸 들이켰더니 곧바로 땀으로 분출되고 말았다. 배고픔을 달래기에는 역부족. 심지어 물병도 바닥을 보이고 있었다. 저녁까지는 꼼짝없이 섬 안에 갇혀 있어야 한다는 생각이 들자 미칠 것 같았다. 문득 서러움이 물밀듯 밀려왔다.

배고픔과 설움 거기다 외로움까지, 이 완벽한 3종 세트는 남자의 오랜 친구였다. 남자의 이름은 변삼용. 40대 초반 나이에 마침내 '드래곤엔터테인먼트' 사장 자리에 오르기까지 얼마나 많은 굶주림과 서러움의 날들이 있었는지……. 고등학교를 중퇴하고 공사판부터 주유원, 중국집 배달, 카페 서빙, 때밀이, 여관 청소 등등 각종 직종을 두루 섭렵했다. 그러다 한 나이트클럽에서 웨이터로 일하게 됐고 단골로 드나들던 기획사 사장의 눈에 띄었다. 뛰어난 외모나 말주변 때문이 아니라 그가 가진 유일한 장점인 성실함 때문이었다. 그렇게 연예계에 입문했지만 그의 직함은 가수나 배우가 아닌 로드매니저.

음반을 두 장 낸 여가수는 주로 '고추아가씨 선발대회' 같은 행사나 변두리 나이트클럽에서 노래를 불렀다. 로드매니저지만 실은 운전기사 내지는 심부름꾼에 가까웠다. 스케줄에 맞추다보면 밥 굶기가 일쑤고, 새우잠을 자다가도 벌떡 일어나 한밤중이든 새벽이든 여가수가 가는 곳이라면 세상 끝이라도 달려가야 했다. 화장실 앞에서 가방을 들고 기다리고, 무대 의상을 나르고, 세탁소에서 속옷을 찾아다주고, 거실 형광등을 갈고, 벽에 못질도 해야 했다. 그녀는 연예인답게 예민했다. 기껏 시간 김밥에 싫어하는 당근이 들었다고 토라졌고, 캐러멜 마키아토가 너무 달다며 신경질을 냈고, 심지어 난생처음 부끄러움을 무릅쓰고 사다준 생리대를 날개가 달리지 않았다며 던지기까지 했다. 그때 변삼용은 생각했다. '아, 날개가 안 달려도 생리대는 날아다니는구나'가 아니라 '더러워서 때려치우고 말지'라고. 변삼용은 새삼 떠오르는 옛 기억에 온몸을 부르르 떨었다.

하루에도 몇 번씩 그만두고 싶은 마음을 다잡아준 것은 "너도 쨍할 날이 있어야지. 나만 믿고 따라와."라는 사장의 말이었다. 알고 보니 사장은 늘 그 말을 입에 달고 다녔다. 그런데 이게 의외로 마법의 주문 같은 효력이 있었다. 사장을 '묻지마교'의 교주처럼 맹목적으로 믿고 따르는 자가 한둘이 아니었다.

물론 그게 이유의 전부는 아니었다. 사실 변삼용은 그 일이 싫지 않았다. 막노동이나 배달 일에 못지않은 육체적 고단함에 정신적 스트레스까지 더한 일이었지만, 알 수 없는 마력이 있었다. 비록 시골 운동장이나 나이트클럽에서라도, 가수에게 갈채와 환호가 쏟아지면 무대 뒤에 있던 변삼용은 주체할 수 없을 정도로 흥분되었다. 노래에도 춤에도 재주가 없는 변삼용은 자신이 가수가 될 수 없다는 사실을 알고 있었다. 하지만 가수를 만드는 일이라면 가능할지도 모른다고 생각했다.

도무지 보일 것 같지 않던 '쨍할 날'이 드디어 변삼용에게 왔다. 로드매니저 생활 20년 만에 꿈에도 그리던 독립을 이룬 것이었다. '드래곤엔터테인먼트 대표 변삼용'. 명함을 박던 날, 변삼용은 아무도 모르게 눈물을 훔쳤다. 대한 독립의 날만큼 감격스러운 순간이었다. 쥐꼬리만 한 월급을 쪼개어 차곡차곡 모은 돈과 이리저리 변통한 돈으로 작은 사무실을 하나 얻고 요행히 한물 간 트로트 가수와 계약을 할 수 있었다. 가수는 마지막이라는 생각이었고, 변삼용은 가진 것 전부를 건 절박한 심정이었다. 그리고 믿을 수 없는 일이 생겼다. 처음으로 만든 음반이 히트를 한 것이었다. 운이 좋다고 할 수밖에 없었다. 그 음반이 히트할 줄 아무도 예상하지 못했으니까. 변삼용은 성공이라는 고속열차에 올라탄 기분이었다.

변삼용은 기고만장해서 회사 규모를 확장하고 잘나가는 가수들과 계약했다. 하지만 야심차게 내놓은 음반들이 잇달아 실패했다. 가수들은 계약 따위 나 몰라라 떠나버렸고 직원들마저 코빼기도 비치지 않았다. 굽실거리며 몰려들던 사람들도 감쪽같이 사라져버렸다. 대신 사무실에는 빚쟁이들이 뻔질나게 드나들다가 아예 진을 쳤다. 변삼용이 할 수 있는 일이라고는 빚쟁이들을 피해 달아나는 것뿐이었다. 고속열차도 너무 속도를 올리면 안 된다는 것을 변삼용은 궤도를 이탈한 뒤에야 깨달았다.

어디든 숨어 잠잠해지기를 기다려보자고 생각했다. 빗발치는 전화벨 소리와 아귀 같은 빚쟁이들을 피해, 변삼용은 마지막 남은 재산인 승용차를 타고 무작정 내달렸다. 두어 달 떠돌다 마침내 닿은 곳이 이곳, 남해의 한 작은 섬이었다.

섬에 와서는 며칠 동안 방에서 뒹굴다 가끔 섬을 한바퀴 돌아보는 일과를 되풀이했다. 보다 못한 민박집 주인이 이웃 섬까지 바닷길이 열린다고 넌지시 일러줬다. 섬과 섬 사이로 새벽과 저녁, 두 번 바다가 갈리고 길이 생긴다고 했다. '자살할 장소로는 거기가 최고여, 방해하는 사람도 없고.' 라는 말을 덧붙이고 싶은 눈치였다. 변삼용은 신기한 마음에 새벽 일찍 섬이 보이는 바닷가에 섰다. 민박집 주인 말대로 과연 바다가 저절로 쩍 갈라졌다. 그 길을 따라 이 섬으로 건너온 것이다.

사실 섬이라고 이름 붙이기도 무색한 곳이었다. 건너편 섬을 툭 쳐서 떨어뜨린 부스러기 같았다. 민박집 주인 말로는 이 섬에 사람이 살고 있다고 했다. 하지만 하늘을 나는 새떼뿐, 도대체 이 작은 구석 어디에 숨었는지 사람은커녕 쥐새끼 한마리 보이지 않았다. 파도가 밀려왔다 멀어져가고 이따금 갈매기 우는 소리가 들릴 뿐, 고요하기만 하다.

서울을 떠나온 지 벌써 석 달이 지났다. 월세 밀린 사무실과 연습실은 주인이 이미 다른 곳에 세를 내줬을지도 모른다. 이제 가진 돈도 거의 다 떨어졌다. 돈을 빌려주던 몇몇 친구들은 그의 전화도 받지 않는다. 다시 주유소와 공사판으로 돌아가야 할지도 모른다고 생각하다 변삼용은 거세게 고개를 도리질했다.

· · ·

"거그는 암것도 없는디."

깜빡 졸다가 모랫바닥에 진한 키스를 할 찰나, 변삼용은 황급히 고개를 쳐들었다.

"개구락지 수염 나도록 기달려봐야 암 소용 없제."

눈앞에서 변삼용의 낚시 가방을 멋대로 뒤지고 있는 까무잡잡한 아이.

"다 잡아 먹어버렸당가? 한 개도 없네."

그럴 줄 알았다는 듯, 비웃음 속에 하얗게 드러나는 이. 까만 피부 때문에 하얀 이가 유독 두드러졌다. 가늘게 찢어진 눈에 끝이 살짝 들린 코와 큰 입, 딱 몽골계의 전형처럼 생긴 아이가 변삼용 옆에 털썩 주저앉았다.

"저~짝 섬에서 왔능가? 여행 왔어? 혼자? 물길로 걸어서? 새벽에? 아따, 힘들게 뭣 허러? 낚시헐라고?"
 아, 귀찮은 녀석을 만났다. 쉴 새 없이 계속되는 아이의 물음에 변삼용은 고장 난 인형처럼 고개를 끄덕거렸다.
 "저녁 돼야 물길이 다시 열리는디."
 아이는 뭐가 좋은지 바다를 바라보며 싱글거렸다. 짧은 바지 아래로 검게 그을린 다리가 기분 좋게 쭉 뻗어 있었다. 제멋대로 흐트러진 긴 머리카락이 바람에 흩날렸다. 아무에게나 꼬리를 흔드는 토종 강아지 같은 녀석이었다. 열서넛? 훌쩍 큰 키로 봐서는 그보다는 더 많을 것도 같았다. 계속 힐끔거리던 아이는 변삼용과 눈이 마주치자 에헤헤, 웃었다.
 "너 혹시 여기 사냐?"
 이번에는 변삼용이 물었다.
 "응, 저~짝 살어."
 변삼용은 선글라스를 벗고 아이가 가리키는 곳을 실눈을 하고 바라보았지만 푸른 수풀만 눈에 띌 뿐이었다. 새벽에 도착해 섬을 한 바퀴 돌았지만 집은 보이지 않았다. 걸어서 반 시간도 채 걸리지 않을 정도로 작은 섬인데 아이의 집을 발견하지 못하다니.
 "집에 물 있지?"
 "응, 있제."
 그리고 끝. 이래서 요즘 애들이 문제다. 물이 있냐고 물어보면 물의 존재 여부를 묻는 게 아니라 물이 마시고 싶다는 뜻인 줄 눈치 채주는 센스쯤은 있어야 할 것 아닌가. 쩝쩝, 입맛만 다시고 있는 데 아이가 벌떡 일어났다.

"어디 가?"

"집에. 밥 묵으러."

변삼용은 말없이, 하지만 최대한 의미를 담은 눈으로 아이를 쳐다보았다.

"아재도 밥 묵을랑가?"

'빙고!' 변삼용은 벌떡 일어났다.

지붕이 나지막한 집은 작기도 참 작은데다가 나무에 둘러싸여 '찾으면 용치~', 그런 느낌이었다. 앞마당 평상에는 청년 하나가 멀뚱히 앉아 있었다. 인정사정없이 내리쬐는 햇볕에 얼굴이 벌겋 게 익었는데도 뭐가 좋은지 헤벌쭉 웃었다. 아이를 똑 닮은 얼굴에 하얀 이가 좌르륵 나타났다.

"우리 성."

청년은 인사 대신 하늘을 올려다보며 히죽 웃었다. 아이는 집 안으로 들어가더니 주전자와 대접을 들고 나왔다. 단숨에 물 두 대접을 벌컥벌컥 비우고 나자 겨우 살 것 같았다. 잠시 뒤에 아이가 작은 상을 들고 나왔다. 상 위에는 산더미처럼 쌓인 밥 그릇과 미역국, 투박하게 썬 생선회 한 접시가 놓여 있었다. 그 흔한 김치는 없는 대신 회라니! 이 얼마나 섬에 딱 알맞은 박진감 넘치는 상차림인가. 회 한 접시를 뚝딱 먹어치우고 국에 어마어마한 양의 밥을 말아 후루룩 들이켜는 데는 3분도 채 걸리지 않았다. 변삼용은 그제야 아이와 청년이 빤히 쳐다보고 있다는 걸 깨달았다.

"아재, 한 그릇 더 주까?"

고마워서 눈물 날 뻔했다.

한 그릇 더 시원하게 비우고 숟가락을 놓자마자 기다렸다는 듯이 잠이 몰려왔다. 뙤약볕 아래에서 잠들면 죽을지도 모르는데……. 변삼용은 눈을 뜨려고 안간힘을 썼지만 그럴수록 잠의 수렁 속에 더 깊이 빠져들었다.

"아재, 밥 묵고 자."

변삼용은 소스라치게 놀라 눈을 번쩍 떴다. 까맣다. 어느새 밤이었다. 어둠 속에서 맛있는 냄새가 풍겨왔다. 변삼용은 밥을 먹던 아이와 형 사이에 끼어 앉았다. 이번에는 달랑 생선찌개 하나뿐인 더욱 박력 넘치는 밥상. 이번에도 3분에 돌파.

마당에는 모깃불이 자욱한 연기를 피우고 있었다. 하지만 여전히 벌레가 잔뜩 덤벼들었다. 딱, 딱. 아이와 아이의 형은 연신 벌레를 손으로 때려잡는 중. 변삼용도 연방 벌레를 때려잡으며 아까부터 궁금했던 것을 물었다.

"나……, 집에 어떻게 가지?"

"오늘은 못 가. 내일 새벽에 물길 열리믄 그때 갈 수 있제……. 우리 집서 자고 갈랑가?"

"여, 여기서?"

"싫으믄 헤엄쳐 가던가. 방은 하나밖에 없응게 여그 평상에서 자믄 쓰겄구만."

장유유서도 모르는 놈들. 아무리 지나가는 객이지만 명색이 어른인데 밖에서 찬 이슬 맞게 한다고? 변삼용 이마에 세로로 줄이 그어졌다.

"여름이라도 밤에는 추울 텐데……."

"안 죽어."

"모기떼에 뜯겨 빈혈로 죽으면……."

"죽으믄 묻어주께."

나쁜 놈. 죽어도 같이 방에서 자자는 말은 안 하는군. 변삼용은 혀를 끌끌 찼다.

"우리도 여기서 같이 잘 거여."

"그럼 난 방에서 자면 안 될까?"

"방에는 우리 엄마가 자는디?"

어른이 있는 게 당연한 법. 인사도 안 드렸네, 하는 생각이 뒤늦게 들었다.

"아버지는?"

"없어."

...

재래식 변소라지만 지붕이 뻥 뚫려 있어서 냄새는 나지 않았다. 비나 눈이 오면 어떻게 하지? 우산을 들고 볼일을 봐야 하나? 한밤중 변소는 똥이 나오다 쑥 들어갈 정도로 어두웠다. 변삼용은 칠흑 같은 어둠이란 말을 실감했다. 도시의 어둠과는 차원이 달랐다. 밤새 불빛 찬란한 도시에는 어둠이라는 게 없다. 하지만 불빛이 가득해도 도시의 밤은 어쩐지 무섭다. 섬의 밤은 불빛이 없어도 두렵다는 생각이 들지 않았다. 고개를 드니 밤하늘이 빛으로 가득하다. 밤하늘을 가득 메운 별들 그리고 은빛 달. 밤하늘이 푸르스름하게 빛나고 있었다. 참 오랜만이다, 별.

그때였다, 노랫소리가 들려온 것은. 처음에는 시디나 라디오를 틀어놓았나 했다.

> It takes two floors to make a story.
> It takes an egg to make a hen.
> It takes a hen to make an egg.
> There is no end to what I'm saying.

발음이 명확하지 않은 부분도 있지만, 자세히 들어보니 귀에 익은 팝송이었다. 운전을 하며 먼 길을 달리거나, 공연 중인 가수를 기다리는 지난한 시간의 유일한 친구는 라디오. 어언 20년 라디오와 함께한 음악 인생. 가요와 트로트, 팝송과 오페라와 가곡을 두루 섭렵한 변삼용은 부를 줄은 몰라도 좋은 소리를 가릴 줄 아는 귀는 가졌다. 노래는 제법 괜찮게 들렸다.

아름다운 목소리였다. 이거, 이거, 어딘가 묘하게 가슴을 울린다. 변삼용은 쪼그려앉은 채로 밤하늘을 올려다보았다. 천상의 별들이 땅으로 천천히 내려오는 것 같은 느낌이 들었다.

> It takes some good to make it hurt.
> It takes some bad for satisfaction.
> Ah, la la la la la la, life is full circle.
> Ah, la la la la la la, life is wonderful.

이것은 제이슨 뭐라나 하는 가수의 노래다. 애간장 살살 녹이는 미성과 꽃 같은 외모로 세계적인 인기를 누리고 있는 그 가수가 변소 밖에서 라이브 공연을 해주시는 듯, 서서히 소름이 돋았다. 갑자기 변삼용은 눈물이 핑 돌았다. 너무 오래 쪼그리고 앉아서 다리에 쥐가 난 것이리라, 틀림없이. 황급히 손가락에 침을 묻혀 코에 찍어발랐다.

아이는 팔베개를 하고 누워 하늘을 올려다보고 있었다. 아이의 형은 벌써 잠들었는지 '푸- 푸- 푸-' 거친 소리를 규칙적으로 뱉어내고 있었다.

"너 그거 무슨 말인 줄 알고 부르는 거야?"

"내가 아즉 영어는 안 배워놔서……."

"너, 몇 살이냐?"

"열다섯살."

"학교에서 영어 배우잖아."

"학교 안 댕기는디."

"왜 안 다녀?"

"어, 내가 좀 바뻐."

"야, 학생이 학교 다니는 일보다 더 바쁜 일이 어딨냐?"

"학교 갈라믄 한참 배를 타야 허는디…… 내가 배를 못 타. 하루 학교 가다가 죽다 살아나고 다시는 안 갔제."

"그럼 팝송은 어디서 배웠냐?"

"여그."

아이는 큰 상자 하나를 내밀었다. 상자인 줄 알았던 것은 라디오였다. 터무니없이 큰 몸체에 고무줄이 칭칭 감겨 있고 안테나는 테이프로 붙인 것이 라디오라기보다는 골동품. 다이얼을 돌렸더니 소리가 흘러나왔다. 성가인 것 같았다. 기독교 방송인가. 켜기 무섭게 아이는 다이얼을 돌려 꺼버렸다.

"건전지 닳겠네."

"플러그에 꽂아서 들으면 되지."

아이는 어이없다는 듯이 변삼용을 쳐다봤다.

"전기가 들어와야 꽂제."

"전기 안 들어와? 그럼 아까 저 불빛은 뭔데?"

변삼용이 가리킨 방에 불빛은 이미 사라져 있었다.

"촛불."

"그럼 텔레비전도 못 봐?"

"장난혀?"

전기가 안 들어오는 곳이라니. 변삼용은 갑자기 울컥했다. 어릴 때 살았던 산골 마을에도 집집마다 전기는 들어왔는데. 아직 문명의 이기가 닿지 않는 곳이 있다니.

"밤에 딱 한 시간만 들어. 다른 때는 예수 노래 같은 것만 허는디 이런 노래들이 나오는 때가 있더라고."

"다른 채널로 돌려보지. 가요 같은 건 싫어?"

"다른 데는 안 나온당게. 딱 이것밖에 안 잡혀."

"너 좀 하더라, 노래."

어둠속에서도 알 수 있었다, 아이 얼굴이 붉게 물드는 것을. 다른 노래를 시키니 아이는 기다렸다는 듯 노래를 시작했다. 한 곡이 끝나면 바로 다른 곡을 쉴 새 없이. 노래방에 가서 죽어도 마이크를 놓지 않는 욕심쟁이처럼 부르고, 부르고, 또 불렀다.

 록, 리듬앤블루스, 발라드, 펑크, 디스코……. 이게 뭐냐. 마구잡이로 저장한 엠피스리를 틀어놓은 듯 종잡을 수 없는 노래들이 튀어나왔다. 그런데 아이의 노래에는 국적, 주제 불명의 노래 메들리라는 것보다 더욱 놀라운 것이 있었다.

 "너…… 혹시 지금 모창하냐?"

 한 사람의 목에서 너바나와 퀸의 목소리가 나오는 것이 가능하냔 말이지. 혹시나 해서 아바의 〈댄싱 퀸〉을 시켜보았다. 세상에, 똑같다! 그것도 두 여자 가수 파트를 각각 다른 목소리로 완벽히 똑같이 부른다! 뭐, 이런 괴물 같은 놈이 다 있어?

· · ·

 쿵- 쿵- 쿵-. 괴물이다! 괴물이 마이크를 잡고 입에 처넣기 시작한다. 한 개, 두 개, 세 개……. 끝도 없이 마이크를 삼키던 괴물이 입을 여니 노래가 흘러나온다. 끝없이 흘러나온다. 머리가 아프다. 머리가 마구 흔들린다. 그만, 그만 좀 흔들어!

 "아재, 아재."

아이가 변삼용의 어깨를 사정없이 흔들고 있다.

"아재, 밥 묵어."

변삼용은 벌떡 일어나 상 앞에 앉았다. 푸르스름한 새벽 공기가 팔에 오소소 소름을 돋게 했다. 갈치도 고등어도 아닌, 이름 모를 생선 구이와 된장국에서 따뜻한 김이 모락모락 피어오르고 있었다. 변삼용은 불빛 없는 어두운 방문을 힐끗 쳐다봤다.

"밥은 네가 하냐?"

"형도 같이 혀. 언능 묵드라고. 물길 막히기 전에 가야제."

말 끝나기 무섭게 변삼용은 밥 한 그릇을 뚝딱 비우고 숟가락을 놓았다.

바다를 향해 앞서 걷던 아이가 돌아보며 웃었다. 하얀 이를 드러내고 웃는 얼굴이 상큼해 보였다. 마치 치약 광고에서처럼 뽀드득 소리가 날 정도로.

"아재, 또 올랑가?"

변삼용은 대답 대신 드러나기 시작하는 바닷길 너머로 시선을 던졌다.

"너, 이름이 뭐냐?"

"원구."

가끔 아귀찜을 먹다가 참 이름을 잘 지었다고 생각하는 때가 있었는데 지금이 딱 그런 순간이다. 어쩜, 하는 감탄사가 자신도 모르게 터져나왔다.

"아재는?"

"변삼용."

"크크크."

"왜 웃냐?"

"어울려."

"누가 할 소리."

 길이 끝나는 곳에서 문득 뒤돌아보니 바다 위 저만치에 동그마니 섬이 떠 있다. 환상적이기 그지없는 풍광 속에서 원구가 손을 흔들고 있었다. 아, 참 생뚱맞은 풍경이다.

 이원구. 섬에서 태어나 한 번도 섬을 떠나본 적 없는 아이. 가족은 어머니와 형뿐. 병으로 몸져누운 원구의 어머니는 듣기는 하는 것 같지만 말을 못하고 원구의 형 원삼은 지능 장애를 가졌다. 형제는 물고기를 잡아 팔기도 하지만 큰 수입이 되지는 않고 주로 나라에서 주는 보조금으로 살고 있다. 섬에는 원래 서너 가구 정도가 살았으나 다 떠나고 원구네 가족만 남아 있다.

 원구가 태어난 직후 원구의 아버지는 육지로 일자리를 구하러 떠났다. 돈을 벌어 돌아올 생각이었는지, 자리를 잡은 후 가족들을 부를 생각이었는지 모르지만 육지로 떠난 원구의 아버지는 다시 돌아오지 않았다. 전기도 들어오지 않는 섬을 원구네가 떠나지 않는 데는 여러 가지 추측이 있었다. 아버지의 소식을 기다리고 있다는 둥, 섬이 개발되기를 기다리고 있다는 둥. 버티고 있다보면 섬이 원구네 차지가 된다는 둥, 하지만 가장 설득력 있는 이유는 섬을 나와봤자 별 뾰족한 수가 없다는 것이었다.

 이상이 변삼용이 민박집 주인에게 들은 원구네 가족사였다.
 "그 집 사람들, 원구 빼고는 성한 사람이 없당게요. 원구 야가 고생이 많았지라. 초등학교는 이짝 섬에도 있응게 어찌어찌 다닙디다. 새벽에 건너왔다가 저녁에 돌아갔는디 쬐깐한 것이 여간해서는 결석 한번 안 혔다요. 그런 놈이 배를 못 타서 육지에 있는 중학교는 아예 얼씬도 못혔지라. 아는 참 똘똘허고 착헌디 워째 그라고 배를 못 타는지 몰라."
 "배를 못 탄다는 게 멀미를 심하게 한단 말인가요?"
 "멀미에 댈 데가 아니지라. 아주 지랄발광을 한당게요. 딱 한 번 원구가 배를 탄 적이 있었지라. 중학교 입학식 날이었는디 한 30분 참으면 되는디 그거를 못 참더랑게요. 내가 마침 같이 타고 있어서 봤는디 아주 얼굴이 허옇게 변해갖고 발작을 헙디다. 숨도 못 쉬고 손발을 버둥거려쌓고 침을 질질 흘리고, 아주 그냥 가는 줄 알았당게요. 그란디 배에서 내리자마자 또 금세 말짱헙디다."

"간질 같은 게 아닐까요?"

"몰르지라. 멀쩡허다가 배만 타면 그런 것도 간질이다요?"

참새가 고소공포증이 있다거나 북극곰이 추위가 싫다는 격 아닌가. 섬에서 태어난 놈이 배를 못 탄다는 게 말이 되나? 변삼용은 미심쩍을 뿐이었다.

구천구백구십구 마리까지 세고 나니 사방에 가득한 양떼 때문에 변삼용의 머리가 지끈거리기 시작했다. 아무래도 잠들기는 글렀다. 벌써 몇 달째 제대로 잠을 자지 못했다. 몇 달이 뭔가. 두 번째 음반을 내고 나서부터이니 근 2년이 넘는 불면증이다. 기대와 비례해 불안도 얼마나 컸던가. 너무 욕심을 부렸다. 착실하게 월급 받으며 적금 붓고 재테크 살짝 하며 여배우 같은 마누라랑 도끼 같은 자식 낳고 늘그막에는 서울 근교에 라이브카페나 하며 사는 것이 좋았을 텐데.

변삼용은 마당으로 나갔다. 개 짖는 소리 하나 들려오지 않는 어둠속에서 파도치는 소리만 점점 더 또렷이 들려왔다. 변삼용은 물길이 열리는 곳이라 짐작되는 쪽으로 눈을 돌렸다. 아무것도 보이지 않았다. 건너편 섬은 밤에는 사라지고 없는 존재다. 생각해보니 어제처럼 잠을 푹 잔 밤은 참으로 오랜만이었다. 원구의 노래는 까무룩 잠이 드는 순간에도 계속되었다. 달디단 잠 속에서도 줄곧 노랫소리를 들은 것 같았다.

잠들지 못하는 사람이 할 수 있는 것은 한 가지밖에 없다. 아침이 오기를 기다리는 것뿐. 어둠이 서서히 걷히고 물길이 열리는 것을 보자마자 변삼용은 바다로 나갔다. 그의 앞에 사막 같은 갯벌이 반짝반짝 빛나며 모습을 드러내고 있었다.

"이제는 가야겠다."

변삼용은 듣는 이도 없는 말을 중얼거렸다.

· · ·

새벽 물길을 걸어 변삼용은 곧바로 원구의 집으로 갔다. 마침 부엌에서 나오던 형제의 밥상에 끼어 앉아 예의 박력 넘치는 아침을 '흡입' 한 뒤 한숨 자고나자 하늘이 붉게 물들고 있었다. 변삼용의 얼굴 위에는 살이 부러진 우산 하나가 그늘을 만들고 있었다. 원구는 보이지 않았다. 변삼용이 원구를 찾은 곳은 바닷가. 원구는 형과 낚시를 하고 있었다. 형제의 등이 온통 황금빛이었다. 곧 물길이 열릴 시간이다.

"자, 이거 받아라."

변삼용이 지갑에서 무언가를 꺼내 원구에게 건넸다.

"변…삼용, 드래곤엔…터…테인먼트 대표? 흥, 뻥치시네."

"뭐가 뻥이냐?"

"아재가 뭘로 대표여? 잠자기 대표 선수?"

"아니, 그게 아니라 대표는 사장이란 뜻이야."

"뭔 사장?"

"엔터테인먼트, 가수 만드는 회사다."

"자랑헐라고 주는겨, 사장이라고?"

"내가 너한테 뭣하러 자랑 같은 걸 하겠냐. 거기 내 전화번호 있다. 혹시 말이다, 연락할 일이 생기면 그때, 그때 전화하라고."

"……아재, 이거 줄랑게 가져가서 회 떠 묵어."

이런. 너 지금 튕기는 거냐. 아무리 망한 기획사라지만 캐스팅했으면 조금이라도 관심을 보여야지. 원구가 모래에 아무렇게나 꽂아놓은 명함을 보자 변삼용은 씁쓸한 생각이 들었다. 원구는 아랑곳없이 어망에서 고기를 골라내느라 여념이 없었다.

원구가 건네준 물고기 꼬리를 잡고 변삼용은 물길을 건너기 시작했다. 얼마쯤 걷다 뒤를 돌아보니 원구와 형은 여전히 바닷가에 앉아 있었다. 파닥. 물고기가 갑자기 요동쳤다. 화들짝 놀란 변삼용이 놓친 물고기는 갯벌 위에서 몇 번 몸을 퍼덕거렸다. 와줬으면 좋겠다. 늦기 전에. 물고기가 가쁜 숨을 내쉬고 있었다. 너무 늦기 전에, 꼭. 변삼용은 몇 번이나 뒤를 돌아보며 물길을 건넜다.

낮에 너무 많이 잤기 때문이야. 잠들지 못하는 변삼용의 머릿속으로 양 대신 여러 가지 생각들이 몰려들었다. 돌아가는 거야. 다시 시작할 수 있을 거야. 이렇게 주저앉을 수는 없지. 어떻게든 돈은 변통할 수 있을 거야. 이번에는 욕심 부리지 말고 작은 규모로 시작해보자. 괜찮은 가수 하나만 건지면 돼. 아니면 신인을 제대로 키워볼 수도 있지. 웬만큼 물건 만드는 데 시간은 걸리겠지만, 20여 년을 견딘 나한테 남은 건 시간뿐이야. 다시 시작할 수 있다면 내 인생을 다 내줘도 좋아.

변삼용은 잠들어 있는 바다처럼 담담한 눈으로 어둠속을 응시했다. 내 인생을 거는 것은 상관없지만 다른 이의 인생이라면……, 모르겠다. 성공에 대한 보장은커녕 어떤 것도 약속할 수 없다. 전에 모시던 사장처럼 '나만 믿고 따라와' 같은 확신에 찬 말 따위는 죽어도 할 수 없다. 정말 믿고 따라오면 몹시 곤란하다. 하지만 그래도 혹시 믿고 따라온다면, 할 수 없다. 못 이기는 척하고 받아들일 수밖에. 만약 내게 와준다면 말이다.

저 멀리 수평으로 가는 선이 생겼다. 황금빛 가는 선은 점점 굵어지기 시작해 검푸른 바다 위에 서서히 레몬색 스펙트럼을 펼치기 시작했다. 점점 푸른빛을 띠어가는 바다는 막 물길을 열고 있었다. 푸른 파도 사이로 길이 점점 넓어져갔다. 서서히 드러난 하얀 모래길 위로 갈매기들이 날아와 앉았다. 오랜 비행을 마치고 활주로에 안착한 비행기처럼 새들은 느긋이 휴식에 빠졌다. 그런데.

갑자기 갈매기떼가 하얗게 날아올랐다. 하얗게 날아오르는 새들

사이로, 난데없이 뭔가 나타났다. 희미한 실루엣이 점점 형체를 드러냈다. 변삼용은 이내 그것을 알아보았다. 원구.

햇살인지 갈매기들인지 모를, 하얗게 부서지는 빛 사이로 원구가 거침없이 달려왔다. 그것은 현실이라기보다는 꿈처럼 느껴졌다. 그 순간 졸음이 급격하게 덮쳐왔다. 변삼용은 참으로 달콤하게 찾아드는 잠에 겨워 찬찬히 손을 내밀었다. 손아귀에 힘이 강하게 전달되었다. 원구인지 자신인지, 손에 힘을 주고 있는 것이 누구인지 모르겠다고 변삼용은 생각했다. 어쩌면 두 사람 모두인 것도 같았다.

· · ·

변삼용은 멀어져가는 섬을 보며 문득 그림엽서 같다고 느꼈다. '그림 같은 집을 짓고 님과 함께 살고 싶구나.'라고 모처럼 펼치던 상상의 나래를 황급히 접고 온 힘을 손아귀에 그러모았다. 금방이라도 물속으로 뛰어들 듯한 원구를 잡고 있느라 온몸에 땀이 비 오듯 흘렀다. '지랄발광'이라는 민박집 주인 말이 딱 맞았다. 원구의 얼굴도 땀으로 뒤범벅이었다. 땀뿐 아니라 눈물, 콧물, 침, 얼굴에서 나올 수 있는 수분이란 수분은 한꺼번에 대방출되고 있었다. 이제 막 배가 출발했을 뿐인데 원구가 갑판 위를 떼굴떼굴 구르기 시작했다. 사람들이 무슨 일인지 구경하러 모여들었다가 화들짝 놀라 달아났다. 정말 이러다 죽을지도 모르겠다는 생각이 퍼뜩 들었다. 내가 과연 잘한 일일까, 변삼용은 슬며시 후회하기 시작했다.

　변삼용을 찾아온 원구가 드디어 배를 탄 것은 사흘 만의 일이었다. 작은 배낭 하나를 달랑 맨 원구는 당장이라도 떠날 수 있다고 했다. 하지만 막상 배에 오르려는 순간, 원구는 빛의 속도로 사라졌다. 배가 부두에서 멀어져 바다로 나간 뒤에야 원구는 머리를 긁적이며 나타나곤 했다. 변삼용은 설마했다가 원구의 극심한 배 공포증을 실제로 보고 경악했다. 하, 이거 어떡하나. 변삼용은 원구를 배에 태울 수 있는 방법을 고민하느라 또 잠 못 이루었다.

　하루에 두 번 섬과 육지를 오가는 배를 번번이 그냥 떠나보내기를 사흘째. 오후의 마지막 배가 떠나려고 했다. 변삼용은 배를 멀거니 바라보았다. 최면을 거는 것과 때려눕혀 기절시켜 배에 태우는 방법 중 어떤 게 효과적일까, 고심하는 변삼용 눈앞에 원구가 배에 오르고 있었다. 남극 탐험에 오르는 아문센처럼 비장한 얼굴. 그러다 또 번개처럼 내빼겠지. 양치기 소년 뺨을 철썩철썩 칠 것 같은 녀석.

　배에 탈 생각도 없이 담배만 피우고 있던 변삼용을 배에 오른 원구가 손짓으로 불렀다.

　"아재, 이 끈으로 배에 나를 묶어."

"인당수에 끌려가는 심청이도 아니고……."

"싫으믄 내가 묶는 수밖에 없구만."

"네가 묶으면 네가 풀 수도 있는 거잖아. 그럼 아무 소용없지."

"그랑게 아재가 묶어달라고. 내가 못 풀게 꽉."

"그러다 나 잡혀간다. 동물학대죄 같은 걸로."

"그라믄 나를 꼭 잡어. 절대로 못 빠져나가고로."

변삼용은 타이태닉호에 오른 디카프리오처럼 원구의 허리를 뒤에서 감싸안았다. 드디어 배가 물살을 가르기 시작했다.

"원구야, 쫌만 참아봐. 다 왔어."

"거짓부렁허지 마. 인자 출발혔잖어."

"시작이 반이라고 했잖아. 벌써 반 온 거야."

"바보여?"

원구의 얼굴은 뒤집힌 생선 배처럼 하얗다. 식은땀이 비 오듯 흘러내렸다. 괴로운지 온몸을 뒤틀어 댔다. 뒹구는 와중에도 말대답은 꼬박꼬박 했다. 죽지는 않을 것 같다.

참아라, 원구야. 참는 자에게 복이 오는지 어떤지는 모르겠지만 어쨌든 지금은 견딜 수밖에 없다. 이미 너는 배에 올랐다. 그게 어떤 고통인지 너는 잘 알면서도 타고 말았다. 이건 시작일 뿐이야. 바다 건너 배가 도착한 곳에 보물섬 따위는 없어. 갈고리를 단 해적이나 외눈박이 괴물이 득실거리는 곳일지도 모르지. 너 따위 작은 아이는 단숨에 삼켜버릴 수도 있어. 나도 무서워 죽을 지경이지만 이미 배를 타버렸으니 어쩔 수 없지. 자, 내 손을 잡아라, 원구야. 손잡고 견뎌보자. 변삼용은 갑판을 뒹굴고 있는 원구의 손을 꽉 쥐었다.

더 발버둥 칠 힘도 없는지 늘어져 있던 원구가 작은 목소리로 뭔가 중얼거렸다.

"뭐라고?"

원구의 얼굴에 가까이 댄 변삼용이 들을 수 있었던 것은 다음과 같은 말이었다.

"배 돌리랑게!"

· · ·

죽는 게 아닐까 싶었던 원구는 배에서 내리자마자 언제 그랬냐 싶게 멀쩡해졌다. 노란 물이 나올 때까지 다 토해낸 녀석은 육지에 닿자마자 배가 고프다고 난리였다. 밥을 세 그릇이나 먹고 입가심으로 빵 두어 개까지 먹어치운 뒤에야 잠잠해졌다. 멸치같이 마른 녀석이 식욕은 고래 같았다. 원구의 왕성한 식욕에 변삼용은 내심 안도했다.

서울 사무실 앞에 도착한 것은 한밤중이 되어서였다. 변삼용은 어두운 길가에 차를 세웠다. 옆 좌석에 앉은 원구는 잠들어 있었다. 처음에는 고속도로와 낯선 육지 풍경에 흥분해서 떠들더니 어느덧 고단한 숨소리를 내고 있었다. 긴 하루였다. 하루 종일 운전대를 잡은 변삼용도 피로를 느꼈다. 빨리 어디든 들어가 잠들고 싶었지만 우선 눈으로 확인하고 싶은 것이 있었다.

바로 길 건너편이다. 하지만 차에서 내리지 못하고 한참 앉아 있었다. 고개만 들면 2층 사무실이 눈에 띌 것이다. 이미 사라지고 없을 게 확실하다. 확인하고 싶어 왔지만 막상 보기가 두려웠다.

"어, 저기여? 드래곤엔터테인먼트?"

어느새 깼는지 원구가 차창 밖을 내다보고 있었다. 변삼용도 원구가 바라보는 방향으로 고개를 돌렸다. 건물 2층, 기획사 사무실은 환하게 불이 밝혀져 있었다. 그리고 창문에 씌어 있는 '드래곤 엔터테인먼트'란 글씨. 변삼용은 황급히 차에서 내려 건물로 달려갔다. 오, 이럴 수가!

그대로였다. 얼룩 하나 없는 전면거울과 벽에 고스란히 붙어 있는 음반 홍보 포스터, 그리고 소파와 의자 몇 개. 3개월간 방치해두었는 데도 연습실은 누가 청소라도 한 듯 말끔했다. 변삼용은 제 눈을 믿을 수 없었다. 그리고 옆 방 사무실 문을 열고 나오는 사람을 보자 더더욱 놀라지 않을 수 없었다.

"사장님!"

변삼용이 똥 싼 포즈로 멈춰섰다.

"사장님, 드디어 돌아오셨군요. 오실 줄 알았어요!"

나무젓가락 같은 소년이 달려와 와락 변삼용의 품에 안겼다.

"진짜 맨날맨날 기다렸어요. 왜 이제야 오신 거예요."

키가 큰 소년에게 변삼용이 오히려 폭 안긴 듯했다. 참으로 감격스러운 해후 장면을 연출한 후 가까스로 소년의 품에서 빠져나온 변삼용이 물었다.

"그런데……, 넌 누구냐?"

아직 감동의 여운이 가시지 않은 듯, 떨리는 목소리로 소년은 말했다.

"저 만수잖아요. 사장님이 스타로 만들어주겠다던 구, 만, 수."

"내, 내가 그랬냐?"

눈물이 글썽한 만수의 눈과 변삼용의 미심쩍은 눈이 허공에서 마주쳤다.

"그런데 사장님, 연습생 새로 뽑으셨어요?"

만수가 원구를 위아래로 훑어보며 물었다.

"어? 어…… 그런…… 셈이지."

"나 구만수. 넌 어디서 쳤냐?"

"난 원군디, 이원구. 아따, 키가 겁나게 크구만."

변삼용이 끼어들었다. "만수, 너 몇 살이냐?"

"열다섯살요."

"어, 그래? 그럼 원구랑 동갑이구나. 자자, 일단 악수하고……."

그때 구석에서 요란한 소리가 났다. 휴대용 가스레인지 위에 놓인 냄비가 끓어넘치며 뚜껑이 무섭도록 덜그럭거리고 있었다. 만수가 날쌔게 냄비를 향해 돌진했다.

"그러니까 석 달 동안 매일 연습실에 나왔단 말이지?"

"아니요, 두 달 반쯤 됐을걸요. 후르륵, 후르륵. 아파서 며칠 쉬었다 나오니까 아무도 없더라구요. 후르륵, 쩝쩝."

"야, 너 겁나게 라면 잘 끓이는구만. 후르륵, 후르륵."

"그렇지? 라면은 역시 타이밍이거든. 후르륵."

연습실 안에 가득한 '후르륵 쩝쩝' 소리에 변삼용은 머리가 아파왔다. 곰곰이 생각해보니 기억이 났다. 만수는 우연히 눈에 띈 아이였다. 차가 말썽을 부려 카센터에 맡겨놓아 오랜만에 지하철을 이용한 날이었다. 지하에서 올라오니 광장에 사람들이 잔뜩 모여 있었다. 둥글게 모여 있는 사람들 속에서 쿵쾅거리며 음악이 흘러나왔고 탄성과 박수소리가 터져나왔다. 비보이들이었다. 잠시 보고 자리를 뜨려고 할 때 변삼용의 시선을 사로잡았다. 한 아이가 춤을 추기 시작한 것이다. 어찌나 마르고 키가 크던지 사람이라기보다는 막대사탕에 가까운, 그 아이가 바로 만수였다.

춤추고 있던 아이들 중 만수는 단연 눈에 띄었다. 춤 솜씨가 특출

하다든지 그런 건 절대 아니었다. 저놈 진짜 웃긴데! 만수에 대한 첫 인상은 그랬다. 큰 키와 마른 몸에 유난히 긴 팔과 다리를 흐느적거리며 춤추는 모습은 흡사 한마리 해파리 같았다. 스타를 만들어주겠다고 했다느니 만수가 주장하지만, 변삼용 기억에는 백댄서로 쓸 요량으로 연습실에 나와보라고 했던 것 같다. 만수 말고도 연습생이라는 명목으로 나오던 아이들이 몇 명 더 있었다. 그런 아이들은 춤 선생에게 맡겨놓고 신경을 쓰지 않고 있었기에 만수의 존재 따위는 까맣게 잊고 있었던 것이다.

 아파서 한동안 쉬던 만수가 오랜만에 연습실에 나왔더니 낯모르는 아저씨들만 죽치고 있었다. 그래도 만수는 매일 연습실에 나왔다. 몇 번은 검정 양복에 깍두기머리 아저씨들이 들이닥쳐 '사장 있는 데를 대라.'며 멱살을 잡기도 했다. 하지만 만수는 입을 열지 않았다. 알아야 말을 하지. 깍두기들이 사라지고 낯모르는 아저씨들도 하나둘 줄어들더니 더 이상 아무도 나타나지 않게 되었다. 대신 건물 주인이 나타났다. 목에 금목걸이를 두른 주인은 쿨하게 한마디했다. "나가."
 하지만 만수는 쿨하지 못하게 건물주의 바짓가랑이를 물고 늘어졌다. 자기가 있기 때문에 사장님은 돌아올 수밖에 없고, 밀린 임대료도 받아내야 하지 않겠느냐, 채무관계란 부모 자식 간의 정보다 더 끈끈한 게 아니냐고 애걸복걸하자 건물주는 뜨거운 눈물을 흩뿌리며 돌아갔다.

　이상이 감동 넘치는 만수의 보고 내용. 변삼용은 말없이 턱만 쓰다듬었다. 만수 말을 곧이곧대로 믿을 수는 없었지만 대충 상황 파악은 됐다. 건물주도 만수 놈 붙잡고 씨름해봐야 아무 소용없다는 걸 단박에 눈치 챘을 것이다. 이미 오래전에 사무실을 복덕방에 내놓았을 게 틀림없다. 하지만 새 세입자 구하기가 쉽지 않았겠지. 변삼용 자신도 처음에 유령 출몰 지구로 신고될 것만 같은 낡고 우중충한 건물을 보고 경악했다. 대폭 저렴한 임대료라는 유혹 때문에 '뚝배기보다 장맛'이라고 스스로에게 주문을 외우며 질끈 눈감고 계약했던 것이다. 하지만 이제는 그나마 이런 사무실도 아쉬운 처지가 되고 말았다. 여태껏 만수가 연습실에 드나들도록 건물주가 눈감아준 것은 밀린 임대료에 대한 일말의 미련 때문이었을까?
"그니까 일종의 인질이죠."
"누가? 네가? 누구의 인질?"
"제가 주인에게 인질로 잡혀서 이 연습실을 지켰다는 말이죠."
"하……."
"너무 고마우시죠?"
"어, 눈물 난다."

"다 제 덕이죠, 뭐."

"누가 부탁이라도 했냐?"

"아이, 사장님. 그렇게 말씀하시면 곤란하죠. 제가 이 연습실 지키느라 얼마나 힘들었는데요."

진짜 억울한 표정의 만수.

"아재, 돈 떼묵고 도망쳤능가? 야헌티는 거짓부렁허고?"

"아, 아니, 무슨 도망에 거짓말이야? 아니야, 좀 사정이 있었던 거지."

"드래곤 어쩌고 헐 때부터 딱 본께 사기꾼이더랑게."

"야! 너, 그러지 마. 사장님이 설마 처음부터 속이려고 그랬겠냐. 사람이 살다보면 그럴 수도 있지. 그렇죠, 사장님?"

이놈들이 멀쩡한 사람을 사기꾼으로 만들어? 변삼용은 분했지만 따지고 보면 전혀 근거 없는 이야기는 아니었다.

"만수 너, 내일부터 연습실 나오지 마라. 그리고 혹시 건물주인한테 나 봤다는 이야기 절대 하지 말고."

"사장님, 혹시 월세 떼먹고 도망치시려는 건 아니죠?"

변삼용은 흠칫 놀란 표정으로 폭풍처럼 고개를 내저었다. 새로 연습실을 마련한 뒤 연락하겠다고 새끼손가락 걸고, 도장 찍고, 복사까지 한 후 변삼용은 만수에게서 벗어날 수 있었다. 원구는 차창 밖으로 몸을 내밀고 손을 흔들었다. 손을 흔들고 있는 만수의 모습이 백미러에 비쳤다. 만수는 점점 작아져서 이내 어둠속으로 사라졌다.

• • •

〈방귀대장 뿡뿡이〉〈뿌릉뿌릉 뽀로로〉〈저녁마당〉〈무엇이든 여쭤보세요〉〈동물극장〉〈인간농장〉〈내일의 뉴스〉〈스포츠예스터데이〉〈날씨와 인생〉…….

신대륙 발견! 텔레비전 리모컨을 든 원구의 동공이 팽창되었다. 여관에 들어온 지 일주일째. 변삼용은 아침 일찍 나갔고 원구는 하루 종일 혼자 여관방을 지켰지만 조금도 심심할 틈이 없었다. 리모컨으로 채널을 이리저리 돌리느라 바빴고 화면에 몰입하다보면 해가 지는 줄도 몰랐다. 기상 캐스터가 방긋 웃으며 내일은 그 미소만큼 좋은 날씨가 되겠다고 이야기할 때쯤 변삼용은 한손에 비닐봉지를 들고 돌아왔다. 비닐봉지 안에는 김밥이라든가 떡볶이, 컵라면 같은 게 들어 있었다. 원구와 변삼용은 사이 좋게 머리를 맞대고 김밥과 컵라면을 먹었다. 다 먹고 나면 이내 변삼용은 코를 골았고 원구는 졸린 눈을 비비며 텔레비전 채널을 돌리다 잠이 들었다. 아침에 일어나보면 변삼용은 사라지고 그 자리에 바나나우유와 빵이 누워 있었다. 수십 개나 되는 채널의 프로그램을 두루

펠 즈음이었다.

"나가자."

가방에 옷을 주섬주섬 넣으며 변삼용이 원구에게 말했다.

"시방?"

변삼용은 고개를 끄덕였다. 원구는 바나나우유를 단숨에 쭉 들이켜고 가방을 메고 변삼용을 따라나섰다. 변삼용은 계단을 수백 개나 오르고 비탈길을 한참이나 올라, 산동네 맨 꼭대기 집 앞에서 걸음을 멈추었다. 변삼용은 꾸깃꾸깃한 손수건을 꺼내 이마의 땀을 닦아냈다. 원구의 얼굴도 발갛게 달아올랐다. 계단은 끝이 아니었다. 겨우 사람 하나가 드나들 만한 대문을 통과하니 좁은 계단이 또 나타났다. 녹슨 철제 계단이 발아래서 삐걱삐걱 위태로운 소리를 냈다.

"어때, 전망 끝내주지?"

계단이 끝나는 곳에 나타난 옥상 위에서 변삼용은 원구를 돌아보며 말했다. 작은 집들이 다닥다닥 붙어 있는 동네를 지나 저 아래 강물이 흐르고 있었다.

"한강이다. 한강이라고, 들어는 봤지?"

원구는 변삼용이 손가락으로 가리키는 곳을 바라보며 고개를 끄덕였다.

"저기 산 위에 있는 거 보이지? 저게 남산타워다. 한강과 남산이 한눈에 보이다니, 서울에 이렇게 전망 좋은 곳도 없을 거다."

"코딱지만 허네."

원구는 막 코에서 나온 코딱지를 남산타워를 향해 튕겼다.

"더러운 놈. 그야 멀어서 그렇지. 가까이 가서 보면 굉장히 크다."

"어, 그려?"

"자, 똑바로 봐라. 저 한강과 남산을. 세상은 내 발아래 있고 나는 그걸 차지할 거다. 그런 패기, 세상을 다 갈아먹을 듯한 눈빛!"

변삼용은 선글라스를 벗고 작은 눈을 부릅떴다. 꼭 쥔 주먹을 부르르 떨며 변삼용이 원구를 돌아보자 원구는 고개를 푹 숙이고 있었다. 감동한 것 같았다.

"새우다, 새우. 사람 눈이…… 우히히히."

변삼용은 혀를 차며 벗었던 선글라스를 다시 썼다.

"여기서 사는 거다."

변삼용은 옥상 귀퉁이에 놓여 있는 컨테이너박스를 가리켰다. 문 안쪽 풍경도 예감을 결코 배반하지 않았다. 곰팡이가 여기저기 피어난 벽지와 먼지가 7센티미터 정도는 쌓여 있는 바닥. 그래도 컨테이너박스 안에는 화장실도 있다. 싱크대 위에는 간단한 가재도구들도 올라앉아 있었다. 새것은 아닌 것 같았지만, 책상 위에 컴퓨터가 있고 방 한구석에는 작은 냉장고와 비닐에 싸인 이불이 놓여 있었다. 그 사이를 비집고 옹색한 공간이 겨우 남아 있었다. 누가 건드리지도 않았는데 창을 막아놓은 비닐이 펄렁, 나부꼈다. 그 사이로 바람이 쭈뼛 들어왔다. 여기서 살라고 하면 누구라도 멱살을 잡고 싶어질 것 같았다.

바닥을 대충 걸레로 닦고 원구와 변삼용은 멀뚱히 앉았다. 열어 놓은 창문 사이로 "계란이 왔어요, 계란~."이라고 외치는 소리가 들려왔다.

"아재, 테레비는?"

텔레비전이야말로 가족 간의 따뜻한 대화의 기회를 없애고, 독서와 명상의 시간을 앗아가며, 폭력과 음란함으로 어린이와 청소년의 건전한 성장을 저해하는 호환 마마보다 더 무서운 것이라고 변삼용은 일장 연설을 늘어놓았다. 잠자코 듣고 있던 원구의 얼굴에 이해하는 듯한 표정이 서서히 나타나는 것 같았다. 청소년 교화의 보람을 실감하는 변삼용.

"아재, 그냥 테레비 살 돈이 없다고 이야기혀."

두 사람이 새집에서의 첫 식사를 하려던 순간, 갑자기 방문이 홱 열리며 머리 하나가 쑥 들어왔다.

"왔으면 왔다고 이야기를 해야지."

변삼용은 라면 가락을 입에 문 채 벌떡 일어나 꾸벅 절을 했다. 원구도 얼떨결에 일어나 고개를 숙였다. 하얀 중절모 아래 심술궂은 주름이 가득한 얼굴. 아래층에 사는 집주인 영감이었다. 체구는 왜소한데 칼같이 세운 바지 주름처럼 카랑카랑한 목소리가 작은 방을 쩌렁쩌렁 울렸다.

"짐은 별로 없구먼. 혹시 개 같은 거 키우는 건 아니겠지?"

"안 키웁니다."

"분리수거 잘하고 밑으로 쓰레기 같은 거 던지지 마."

"아, 그럼요. 걱정 마십시오."

걱정된다는 얼굴을 찌푸리니 영감은 더 심술 맞아 보였다. 사건 현장을 살펴보듯 방 안을 한번 더 쓱 훑어본 뒤 노인이 나가자 변삼용이 떨떠름한 얼굴로 말했다.

"쓰레기 버리지 마라."

원구는 냄비 밑에 깔았던 신문지를 공처럼 말아 휙 던졌다.

변삼용은 옥상 난간에 서서 담배를 한 대 물었다. 지난 일주일간 그는 도움을 줄 만한 사람들을 찾아다녔다. 돈 갚아야 할 사람들을 제외하고 나니 만날 수 있는 사람이 얼마 되지 않았다. 우선 로드매니저 생활을 같이 했던 친구. 어려운 시절을 함께 해서인지 누구보다도 친하게 지냈던 사이였다. 그 역시 독립해서 기획사를 차렸으나 변변한 가수 하나 내세우지 못하는 처지. 오히려 도와주고 싶은 딱한 상황이었다.

"요즘 같은 불황에 연예사업은 더 죽을 쑤지. 몇몇 큰 기획사 말고는 다 망해나가고 있으니. 나도 문 닫기 일보직전이다. 동네에 치킨집이나 할까 하고 알아보고 있는데……. 너, 혹시 치킨사업에 관심 좀 있냐? 너는 배달만 해, 닭은 내가 튀길게."

친구의 넋두리를 들어주며 닭발에 소주만 들이켜다 돌아왔다.

다음으로 찾아간 건 전 회사에서 모시던 사장. 외출했다는 비서의 말에 근처 커피숍에서 기다리다 커피만 두어 잔 마시고 돌아와야 했다. 다음은 함께 일했던 보컬 트레이너와 작곡가. 쓸개라도 빼줄 듯이 호형호제하던 사이였는데 냉랭한 눈으로 바라볼 뿐이었다. 변삼용은 밀린 급료와 작곡료는 반드시 갚겠다는 약속과 함께 머리만 수십 번 조아리고 돌아와야만 했다. 세상천지에 변삼용에게 내밀 도움의 손길은 복권에 당첨되는 확률만큼이나 희박해 보였다.

며칠 전 마지막 재산인 차를 팔았다. '명색이 기획사 대표인데!' 하며 호기롭게 산 외제차는 24개월 할부가 끝난 지 얼마 되지도 않은 것이었다. 거금을 주고 샀는데 팔려고 보니 살 때의 절반 가격도 쳐주지 않았다. 하지만 그렇다고 팔지 않을 수 없었다. 애지중지하던 차를 지폐 몇 장과 맞바꾸고 돌아오며 변삼용은 손발이 떨어져나가는 듯한 아픔을 느꼈다. 그 돈으로 번듯한 스튜디오나 집을 구하는 것은 불가능했다. 옥탑방이나마 집을 구하고 세간을 사고 나니 수중에 남은 게 거의 없었다. 당장 먹고사는 일마저 막

막했다. 더구나 이제는 혼자 몸도 아니다. 그에게는 책임져야 할 사람이 생겼다. 책임. 천하장사가 올라탄 것처럼 어깨가 묵지근했다. 자신이 한 일이 얼마나 무책임하고 어처구니없는 짓인지 새삼 다시 깨달았다.

 멀리 남산타워의 불이 찬란하게 밝혀졌다. 재개발 지역인 이곳 산동네는 그래도 주소상으로는 강남구에 속했다. 굳이 이곳에 터전을 마련한 것은 저 불빛 때문이다. 적어도 저 불빛이 보이는 곳에서 더는 물러나지 않겠다는 마지노선인 셈이다. 서울에서 성공하고야 말겠다며 피땀 흘리던 시절, 그때 매일같이 올려다보던 불빛이었다. 언젠가는 저 불빛보다 더 찬란하게 빛나겠다는 예전의 다짐을 그는 다잡았다. 그의 뒤에는 컨테이너박스에서 희미한 불빛이 새어나오고 있었다. 적어도 지금은 혼자가 아니다. 컨테이박스만 한 위안이 그를 따스하게 감싸안았다.

· · ·

 사장을 만나러 갔다가 변삼용은 또 허탕을 쳤다. 아는 이를 만날까봐 사무실에서 오래 기다리지는 못하고 요전처럼 근처 커피숍에 앉아 하염없이 사장을 기다렸다. 기다리다보니 이래저래 생각이 많아졌다. 생각한 김에 몇 가지 결심도 했다.

1번 결심, 사장을 만나면 원구 얘기를 해보자. 연습생으로라도 받아준다면, 그게 원구한테도 나을지도 모른다. 그런 결심, 나름 힘들었다. 삼겹살을 정성 들여 노릇노릇 구워놓으니 앞사람이 날름 집어먹는 그런 기분이다. 하지만 삼겹살은 또 구우면 되지 뭐.

그리고 내처 2번 결심, 혹시 회사에 자리 하나 있다면 가리지 않고 일하리라. 이건 1번 못지않게 힘들게 내린 결정. '제 간도 한번 드시겠어요?'라며 쓸개까지 덤으로 구워 입안에 들이미는 느낌. 혹시 로드매니저를 하라고 하면 어떡하지? 한때는 기획사 사장 자리까지 오른 몸인데 다시 로드매니저로 돌아간다? 이 나이에? 정말 상상조차 하고 싶지 않다. 하지만 그 일이라도 일단 맡겨주면 해야 하지 않을까? 아, 몰라, 몰라. 하지만 사장은 그 말을 꺼낼 틈마저 주지 않는다. 바쁘긴 정말 바쁜가보다.

변삼용은 옆 테이블에 누군가 두고 간 신문을 슬쩍 집어왔다. 훌훌 넘기다 '낱말맞히기'가 눈에 띄었다.

1954년 일본에서 제작한 괴수 영화로 핵실험에서 변형으로 생겨난 돌연변이 도마뱀. 할리우드에서도 영화로 제작됨.

돌연변이? '괴물' 아니야? 이건 세 자로 된 단어인데. 괴물은 두 자니까 땡! 불가사리, 이건 네 글자. 이구아나, 이것도 네 글자. 티라노, 티라노가 돌연변이인가? 용가리? 용가리인가? 그럼 일단 세로 단어를 맞춰보자.

고생 끝에 즐거움이 온다는 뜻의 사자성어.

고생 끝 행복 시작? '로또당첨'? 그렇지! 로또당첨. 네 자니까 딱 맞네. 그럼 '로'로 시작되는 세 글자 돌연변이 도마뱀은? 로, 로, 로……. 아, 알 것 같은데. 생각날 듯, 말 듯. 아, 이거 미치겠네.
변삼용은 뚫어질 정도로 신문을 노려보았지만 아무리 해도 '로'로 시작하는 돌연변이 도마뱀의 이름은 떠오르지 않았다. 그러기를 몇 시간, 문득 생각이 나서 다시 전화하니 여전히 사장은 외근 중이라는 공손한 대답이 들려왔다. 똑같은 대답을 다섯 번째로 전해듣고 석 잔째 리필한 커피도 다 마신 후 변삼용은 깨달았다. 사장은 바쁜 게 아니라 자신을 만나고 싶지 않은 것뿐이라고. 변삼용은 주먹을 불끈 쥐고 일어났다.

・・・

"사장님!"
컨테이너박스 문을 열자마자 꼬챙이 하나가 온몸을 던져 달려

들었다. 낯설지 않은 광경. 만수였다.

"네, 네가 어떻게 여기에?"

"원구 시켜서 전화하셨잖아요."

"아재가 바쁜 것 같아서 내가 대신 연락했제."

원구가 코를 파며 말했다. 보기보다 치밀한 녀석들. 변삼용은 소름 돋게 감동할 뻔했다.

원구는 변삼용이 들고 온 신문을 휙 낚아챘다.

"마침 잘됐구만."

가스레인지 위에서 냄비가 맹렬히 김을 내뿜고 있었다. 원구가 신문지를 깔자 만수가 기다렸다는 듯이 냉큼 냄비를 올려놓았다.

"아재도 한젓가락 혀."

갑자기 허기가 밀려든 변삼용은 라면 냄비에 달려들었다.

라면을 흡입하던 원구가 문득 바닥을 보인 라면 냄비와 변삼용을 번갈아 쳐다봤다.

"아재, 워찌케 사람이 그란당가?"

"뭘? 나 조금밖에 안 먹었어!"

"아니, 고생 끝에 낙이 온다는 사자성어가 워째 로또당첨이여?"

"그, 그럼 뭐냐?"

"고진감래 아녀, 고 진 감 래."

"어, 그런가? 그럼 '고'로 시작되는 가로 세 자는 뭐냐?"

머리를 맞대고 신문을 보던 만수가 소리쳤다.

"고질라! 고질라입니다, 사장님."

"고질라가 뭐여?"

"어, 입에서 막 불 품고 그런 괴물 있어. 영화에 나와."

"흠, 그려? 그런 괴물이 있었구만."

만수가 남은 라면 국물을 마시기 위해 냄비를 들자 계속 신문을 들여다보고 있던 원구가 물었다.

"아재, 이건 뭐여?"

"뭐, 뭐? 또 뭐가 틀렸는데?"

"아니, 그 옆에 이거 말여."

슈퍼스타 프로젝트!

아이돌을 꿈꾸는 청소년을 위한 스타 탄생의 무대!

제2의 빅뱅, 소녀시대, 원더걸즈, 2PM을 꿈꾸는 아이돌스타 탄생의 기회! 킹스타 채널과 함께 하는 '슈퍼스타 프로젝트'에서 재능 있는 청소년 여러분의 참여를 기다립니다. 본 대회의 최종 승자는 1억원 상금과 함께 유명 기획사와 전속으로 음반을 제작할 기회를 차지하게 됩니다. 예선에 통과한 일곱 팀들이 한 달 동안 경쟁 끝에 최종 승자를 가리게 되는 숨 막히는 대결! 대회의 모든 과정은 킹스타 채널을 통해 방송되며, 심사는 전적으로 시청자와 네티즌의 투표에 따라 공정하게 진행됩니다. 최종 우승과 함께 아이돌스타가 될 수 있는 일생일대의 기회! 꿈이 있는 청소년이라면 누구든 도전하세요!

손바닥만 한 크기도 안 되는 낱말맞히기 옆에 실린 대문짝만 한 전면 광고. 변삼용의 입에서 라면 면발이 고질라 불꽃처럼 뿜어져 나왔다.
"1억원!"
"이것 때문에 요즘 난리도 아니에요. 텔레비전에 광고도 엄청 나오잖아요."
만수가 눈에서 레이저빔을 쏘며 신나게 말했다.
"아이돌스타가 될 수 있는……. 근디, 아이돌이 뭐여?"
"빅뱅, 2PM, 소녀시대……, 몰라?"
원구가 고개를 도리질하자 만수의 입이 떡 벌어졌다.
"진짜 모르는 거냐? 너 외계인이야? 말이 돼? 어떻게 모를 수가 있어? 너 텔레비전도 안 보냐? 어, 여기 진짜 텔레비전이 없네. 와, 어떻게 텔레비전 없는 집이 다 있냐?"
"테레비는 호환 마마보다 더 무섭다고 허는 사람이 있어서."
"헐~, 안 되겠다. 이 형님이 너에게 한수 보여주마."
만수는 벌떡 일어서더니 긴 팔, 다리를 주유소 앞 풍선마냥 사정없이 흔들며 노래를 부르기 시작했다. 순간 원구와 변삼용은 깨달았다. 아, 만수는 음치구나. 팔다리가 주인의 의지와는 전혀 상관없이 미친 듯 움직이는 게 무서울 지경. 박카스 1.5리터를 단숨에 원샷한 것처럼 녀석은 황홀경에 빠져 있다. 관객의 반응 따위 개나 줘버려, 그런 담대함. 게다가 더 나쁜 건 조회시간 교장선생님 말씀 같은 무대 매너. 도무지 끝날 줄 모른다.

"이건 비, 이건 슈퍼주니어, 요건 SS501, 그래도 요즘은 역시 소녀시대가 대세지."

만수가 이번에는 허리 옆에 손을 갖다 대더니 엉덩이를 살랑살랑 흔들며 흐흐흥 웃었다. 원구는 어쩐지 오싹한 기분이 들어 몸을 부르르 떨었다.

"감동 제대로 먹었구나. 이번엔 2PM."

만수는 현란하게 몸을 마구 움직이기 시작했다. 미친 듯이 몸을 흔들어 대던 만수는 머리를 바닥에 박고 빙글빙글 돌다가 급기야는 책상과 벽에 사정없이 부딪쳤다.

"참말로 오두방정이구만. 괜찮냐?"

분명 충격이 컸을 것이 분명한 데도 만수는 벌떡 일어나서 아무렇지도 않은 듯한 얼굴로 말했다.

"나 좀 짱이지?"

"아따, 아이돌이 뭐간디 사람 잡겄다. 이마빡이 완전 빨개야."

· · ·

 지하철 끊기기 전에 가야겠다고 일어난 만수는 절뚝거리며 계단을 내려갔다. 저만큼 비탈길을 내려가던 만수는 뒤를 돌더니 손을 신나게 흔들었다. 만수를 내려다보던 원구와 변삼용은 어서 가라며 손을 내저었다. 밤인 데도 후텁지근했다. 그래도 미약하게나마 바람이 불어와 숨통을 틔워주었다. 짙은 구름이 몰려 있는 하늘에는 어딘가 숨어 있는 달빛이 희미하게 어룽거리고 있었다.
 말없이 밤하늘을 바라보던 원구가 물었다.
 "아재, 여그는 별이 없당가?"
 "있겠지. 안 보여서 그렇지."
 "여그는 밤이 밤이 아닌 것 같구만."
 "너무 환해서?"
 멀리 반짝이는 빌딩숲이 내려다보인다.
 "요상스럽구만. 별도 아닌 것이 반짝거리고……."
 원구가 흥얼거리기 시작했다. 변삼용이 추어올리니 소리 높여 노래하기 시작했다. 좀 전에 만수가 춤추며 부르던 아이돌 가수의 노래들이었다. 만수 노래와는 180도 다른, 원래 가수에 완벽하게 흡사한 노래.
 "너 이 노래 알고 있었어?"

"여관에서 테레비로 몇 번 봤응게."

변삼용은 새삼 다시 놀랐다.

"그란디 아재, 아이돌은 가수랑 다르당가?"

"아니, 가수지. 그런데 너처럼 어린 나이의 가수들을 아이돌이라고 하지."

"그라믄 나도 가수가 되믄 아이돌이겄네?"

"그, 그렇겠지."

"그란디 워째 다른 세상 사람 같으까?"

"그 애들도 처음부터 그런 모습이었던 건 아냐. 어떻게 포장하느냐에 달렸지. 꾸미면 완전히 달라져."

"참말로?"

변삼용은 원구의 시선을 피해 밤하늘을 애틋하게 쳐다봤다.

"그니까……, 그렇지! 너는 노래로 승부하는 아이돌 가수가 되는 거지. 노래 잘하는 아이돌, 희귀한 존재지. 그럼, 그럼. 독특한 방식으로 접근하는 거야. 그런 게 의외로 먹힐 수 있다, 너~."

"먹혀? 좋은 거여?"

"좋을……걸, 아마도……."

변삼용은 밤하늘을 배경 삼아 아이돌이 된 원구의 모습을 그려보았다. 별도, 달도 뜨지 않아서인지 뜻대로 잘 그려지지 않았다. 원구가 어떤 노래를, 어떻게 부르게 될지 솔직히 변삼용은 짐작할 수 없었다. 댄스? 힙합? 호소력 짙은 리듬앤블루스? 반항적인 록? 아니면 애절한 트로트? 원구는 '악기'는 타고났다. 그 악기를 제대로 연주해낼 수 있는지가 관건이다. 가야금이냐, 기타냐? 변삼용이 의혹에 찬 눈을 원구에게 돌렸다. 원구가 코를 파다 툭, 손가락을 튕겼다. 밤하늘 저 멀리, 코딱지만 한 남산타워가 반짝 빛났다.

다음날 아침, 변삼용이 컴퓨터에 시디를 넣고 플레이시켰다.
"이거 들어봐라."
키보드로 멜로디만 연주한 음악이 흘러나왔다.
"이것이 뭣이여?"
"전에 음반 만들려고 작곡가한테 받은 거다. 완성된 건 아니지만 멜로디는 갖췄으니 노래 부르는 데는 문제없을 거다."
곡이 끝나는 데는 얼마 걸리지 않았다.
"이게 트로트라는 거다."
"짠짜, 짠짜짜만 허는구만."
"멜로디는 단순한 것 같지만, 그게 바로 트로트의 맛이지. 트로트는 한국인의 영혼이자 인생이다. 범국민적 멜로디라 처음 듣는 곡도 귀에 착 달라붙지. 부장님도 김대리도 흥에 겨워 한곡 부르지 않을 수 없는 회식의 꽃, 노래방의 대표선수!"
변삼용은 감동에 흠뻑 젖어들었다.

"암튼 여기 가사도 있다. 이거 읽고 멜로디에 붙여봐. 할 수 있겠지? 오늘은 이걸 해보는 거다."

"뭣 땀시?"

"녀석, 따지기는. 지금까지 너는 노래를 부른 게 아니야. 단지 흉내만 냈을 뿐이지. 똑같이 부를 수 있다는 것은 일단 큰 능력이지. 하지만 그 장점이 네 단점이야. 지금 부르는 것처럼 남 흉내 내서 똑같이 불렀다가는 '진기명기쇼' 같은 데는 나갈 수 있을지 몰라도 가수는 절대 될 수 없어. 너는 너만의 목소리와 창법을 가져야 되는 거야. 그래서 내가 너 텔레비전 못 보게 하는 거야. 너는 뭐든 한번 보면 똑같이 부를 테니까."

원구는 변삼용의 눈을 지그시 바라보았다.

"아, 그래그래. 돈 없어서 못 사는 거 맞아, 맞다니까. 녀석, 참."

"말 하나는 참 잘혀. 원래 사기꾼이 말은 청산유수니께."

"너, 진짜! 아무튼 나는 좀 나갔다 올 테니 연습하고 있어라."

"그러고 아재는 혼자 놀러 간당가?"

"놀러 가기는! 내가 얼마나 바쁜데."

"아, 그려? 필시 나 가수 맹글러 댕기느라고 바쁜 것이겄지? 딴 짓허고 댕기는 건 아니제?"

"너……." 변삼용이 진지한 표정을 지었다. 새우눈이 더 가늘어졌다. "의심은 금물이다. 믿고 따라와라. 언젠가 쨍할 날 있을 거다."

 말하고 말았다. '믿고 따라오라'니. 뒷목이 따끔거렸다. 변삼용은 옥상에서 내려다보고 있는 원구의 시선을 느꼈다. '언젠가 쨍할 날 있을 거라'니. 이런 말이 입에서 나오다니. 부끄러워서 변삼용은 비탈길을 전속력으로 뛰어 내려갔다.

 '슈퍼스타 프로젝트'. 전적으로 시청자와 네티즌의 평가로 순위가 매겨지는 대회는 정말 말 그대로 진행된다면 연줄도, 돈도, 배경도 없는 원구에게 둘도 없는 기회가 될지도 모른다. 신청 마감일은 지금부터 꼭 두 달 뒤다. 예선 심사를 위해서는 노래를 부르는 모습을 촬영한 동영상을 제출해야 한다. 솔로나 그룹, 어떤 형태도 괜찮다. 창작곡이든 기성곡이든 상관없다. 비디오를 요구하는 것으로 보아 비주얼도 심사에 포함될 것이다. 노래는 물론 외모와 그 외에 어필할 수 있는 무언가를 보여줘야 한다.

 뭘 보여줄 수 있을까? 기성곡이라면 원구는 또 똑같이 부르고 말 것이다. 그것만은 피해야 한다. 그래서 미발표 곡을 건네주긴 했지만, 트로트라니! 아이돌을 꿈꾸는 재능 넘치는 청소년에게 반짝이 옷이 어디 될 법한 소리냐. 변삼용은 괜시리 얼굴이 달아올랐다.

 뒤에서 클랙슨 소리가 요란하게 울렸다. 변삼용은 흠칫 놀라며 잽싸게 비켜섰다. 어느 틈에 큰길까지 나왔지만 마땅히 갈 데가 없다. 사거리 신호등이 바뀔 때마다 자동차는 달리고, 사람들은 길을 분주히 건넜다. 두리번거리던 시선이 길 건너에 멈췄다. 변삼용이 결연한 표정으로 문을 열고 들어선 곳은 레코드점이었다. 수많은 노래들이 진열대 위에서 변삼용을 기다리고 있었다.

• • •

밤늦게 돌아온 변삼용은 원구에게 시디와 악보를 건네주었다. 가요, 오페라, 가곡과 최신 팝송 등 원구가 한번도 들어본 적 없는 곡들이었다.

"일단 이것저것 많이 들어봐. 이게 다 공부야."

원구는 그중에서 하나를 골라 컴퓨터에 넣고 플레이시켰다. 거의 들리지 않을 정도로 나지막한 피아노 소리가 시작되었다. 흐느끼듯 이어지는 멜로디에 원구와 변삼용의 얼굴에 뭐라 말할 수 없는 표정이 떠올랐다. 명곡이라고 해서 고르긴 했지만 변삼용도 처음 들어보는 것이었다. 마치 추운 겨울날 군고구마 장수의 양철통에서 피어나는 하얀 연기같이 허전한 속을 후벼 파는 느낌이었다. 떨어진 넋을 줍는 것도 잊은 변삼용. 원구의 얼굴도 멍해졌다.

"〈겨울 나그네〉. 뮐러의 시에 슈베르트가 곡을 붙인 연작 가곡."

원구는 시디 안에 들어 있는 해설서를 소리 내서 읽었다.

"슈베르트는 엄청 유명한 사람 아닌가?"

"그럴걸. 음악의 아버진가 그런 거 아니냐?"

"아재는 참말 깜짝 놀라도록 무식허당게. 음악의 아버지는 바흐 잖어."

"어, 그렇지. 마이 조크. 너 의외로 상식 풍부하다. 혹시 공부 같은 거 잘했냐?"

"영 못하던 안 혔제."

곡이 다 끝났는지 조용해졌다. 원구는 다시 시디를 플레이시킨 후 소리를 조금 줄였다.

"그란디 아재, 똑같이 부르는 건 절대 안 된당가?"

"가치가 없지."

"가치?"

"예를 들면 비싼 그림 있잖아. 피카소, 피카소 알지? 어떤 사람이 피카소 그림하고 똑같이 그린다고 해도 그건 복제품일 뿐이지 예술작품이 아냐. 그런 건 값어치가 없지. '예술은 창조, 창조, 창조!'라고 말씀하신 분이 있었지. 독창적인 게 있어야지."

"가수는 돈 솔찮이 많이 번다고 들었는디?"

"잘나가는 가수는 돈 많이 벌지."

"엄청 유명해지고?"

"그럼. 길에서 알아보고 사인해달라고 난리가 나기도 해. 아, 이 참에 예명을 하나 지을까? 원구, 원구는 가수 이름치고는……"

"뭣이여, 촌스럽단 말이여?"

원구가 눈을 부릅떴다.

"아, 아니. 뭐랄까. 좀 파격적이지 않냐?"

변삼용은 문득 묻고 싶어졌다. 원구가 왜 자신을 따라왔는지, 원래 가수가 되고 싶었는지, 그런 생각이 조금이라도 있었는지 궁금해졌다. 아무리 가수가 되고 싶었다고 해도 처음 보는 사람을 무턱대고 따라올 수 있을까? 역시 머리부터 발끝까지 능력과 신뢰의 분위기가 물씬 풍겨나는 내 외모가 먹힌 건가?

"아하하……."

코를 파던 원구가 깜짝 놀라 쳐다보았다.

가수 같은 건 꿈도 꿔보지 않은 순진한 녀석에게 괜한 헛바람 훅훅 불어넣은 건 아닐까? 원구가 제 발로 따라나서기는 했지만 고작 열다섯살밖에 되지 않는 어린애다. 원구 어머니에게 허락을 받은 것도 아니니 어쩌면 이건 유괴인지도 모른다. 아니, 원구가 유아는 아니니 납치인가?

변삼용은 고개를 가로저었다. 그래도 역시 원구가 선택한 거야. 나는 강요 같은 걸 한 적도 없어. 저도 가수가 될 생각이 있으니 따라온 것이겠지. 열다섯살이면 세상물정 다 아는 나이야. 돈도 벌고, 유명해지고 싶었을 거야. 요즘 애들이 어떤 애들인데. 웬만한 어른 뺨 철썩철썩 칠 정도로 영악한 구석이 있다고. 그래, 그런 거야. 변삼용은 원구에게 묻는 대신 스스로에게 다짐하듯 타일렀다. 그래도 마음 한구석에 슬며시 죄책감 같은 게 드는 건 어쩔 수 없었다. 영악이라고는 찾아볼 수 없는 원구의 얼굴을 변삼용은 슬며시 피했다.

변삼용은 밤늦도록 뒤척였다. 낮에 만났던 강한 기자의 말을 곰곰이 떠올렸다. 《스포츠내일》의 강한 기자. 이름과는 달리 금방이라도 꺾일 듯한 가는 허리와 좁은 어깨, 여자처럼 나긋나긋한 목소리를 가졌다. 명함을 받은 후 그의 외모를 다시 한번 살펴본 사람들은 백이면 98명은 웃음을 참느라 애써야 했다. 두 명 정도는 대놓고 웃음을 터뜨렸다. 사철 구겨진 셔츠에 후줄근한 점퍼. 한마디로 기자와는 거리가 멀게 보이지만 이 사람은 '진짜 기자'다.
변삼용은 강 기자를 처음 볼 때부터 그렇게 생각했다. 기자들이라면 으레 거만했다. 신인가수라면 거들떠보지도 않고, 거기다 신인가수 매니저라면 지나가는 똥개 취급하기가 일쑤. 백만 번 인사해야 눈 한번 마주쳐주지 않는다. 좀 떠야 아는 척도 해주고, 확 뜨고 나면 언제 그랬냐 싶게 설설 기었다. 하지만 강 기자는 그런 인종들과는 전혀 다른, 아주 드문 기자였다. 망한 기획사 전 대표에게 이런 짬이라도 내주는 사람은 강한 기자뿐인 것이다.
"전에 비슷한 프로그램들이 있었죠. 미국 프로그램 〈아메리칸 아이돌)이 워낙 인기였으니까 그대로 따라 만든 서바이벌 프로그램들이 우후죽순으로 생겼죠. 프로그램 자체는 굉장히 화제가 됐죠. 최종 우승자는 가수 데뷔도 했고요. 하지만 뜨질 못했어요. 실력이 있는 것과 뜨는 건 다른 문제죠, 아시겠지만. 기획사나 팬들이나 원하는 건 아이돌이란 말이죠. 아이돌은 최고의 상품 아닙니까? 그런데 최종 우승자나 후보 아이들은 상품이 되기에는 좀 그랬어요. 좋게 말하면 개성이 뛰어났달까. 솔직히 말하자면 상품이 되기에는 스타성이 부족한 거죠. 이미 공장에서 규격에 맞춘 매끈한 상품들을 뽑아내고 있는데, 재래 공법으로 만든 상품이 먹힐 리 있나요? 뭐, 이래저래 애를 써봤지만 결국 〈전국노래자랑〉 같은 일회성 행사밖에 되지 못했어요. 주최측에서는 실망스러운 일이었죠. 그래서 이번 슈퍼스타 프로젝트는 좀 다른 형식을 취하고 있습니다."

그때 강한 기자의 휴대폰이 테이블 위에서 부르르 떨었다. 강한 기자가 통화하는 걸 지켜보며 변삼용은 애가 탔다. 다행히 강한 기자는 통화를 끝내고 다시 말을 이었다.

"철저하게 상품성을 지닌 아이를 뽑겠다는 거죠. 실력도 실력이지만 팬들에게 먹힐 만한 아이를 뽑아 스타로 만들겠다는 거예요. 전적으로 팬들의 평가에 맡기겠다는 거죠. 너희들이 원하는 후보를 뽑아봐라. 제 손으로 뽑았으니 자식 같고, 삼촌 같고, 이모 같은 팬심이 활활 불타오르지 않겠습니까? 후보자들을 합숙시키면서 일거수일투족을 방송에서 보여준 뒤에 시청자들이 평가하는 겁니다. 일곱 후보마다 카메라가 24시간 따라붙죠. 일일드라마처럼 매일 방송되는 겁니다. 신청자가 적어도 50만 명은 넘으리라 예상합니다. 50만 명 중에 뽑힌 일곱 후보자가 살아남기 위한 경쟁은 어떤 드라마보다 흥미진진할 겁니다."

강 기자는 새끼손가락을 우아하게 세워들며 커피를 홀짝 들이켰다.

"하지만 어차피 이것도 이미 짜인 각본대로 진행되지 않겠습니까? 프로그램을 주관하는 'YU기획사'에서 키우고 있는 신인으로 이미 우승자가 내정되어 있다는 이야기도 있고요. 철저하게 시청자와 네티즌 평가로 우승자를 가린다고 하지만 조작은 얼마든지 가능하죠. 참가자들 합숙시키면서 리얼다큐 형식으로 방송한다고 하지만 편집하는 과정에서 특정 후보를 부각시킬 수도 있죠. 다 아시잖아요. 이 바닥이 원래 그렇죠. 너무 큰 기대는 하지 마세요. 그래도 방송을 타면 홍보 효과는 있겠죠. 키우고 있는 신인이 있으신 거예요? 사장님, 대단하시네요. 그냥 한방에 훅 가신 줄 알았는데. 아차차, 실례했습니다. 그런데 그렇잖아요. 올라가기는 힘들어도 내려가는 건 순간이잖아요. 한번 주저앉았다 일어나기는 낙타가 바늘구멍 통과하기죠. 아차차, 또 실례. 아무튼 사장님, 힘내세요.

파이팅!"

주먹을 불끈 쥐고 흔들어 보인 후 바삐 자리를 뜬 강 기자의 뒷모습을 변삼용은 멀거니 바라보았다.

그럴 거라고 생각했다. 꿈 있는 청소년을 위한 일생일대의 기회, 투명하고 공정한 심사라니, 말이 되지 않는다. 예선을 통과할 일곱 명도 이미 다 정해져 있는지도 모른다. 혹시 낙타, 기린, 코끼리, 코뿔소 부대가 바늘구멍을 통과할 정도 확률로 기적 같은 일이 생겨 원구가 후보로 뽑힌다 하더라도 들러리 신세를 못 면할지도 모른다. 하지만 강 기자의 말대로 얼굴이라도 알릴 수 있는 기회가 된다면, 원구가 사람들 앞에서 노래할 수 있는 기회를 단 한 번이라도 잡는다면, 해야 한다. 사막의 모래알만 한 기회라도 있다면 주저할 필요 없다. 무조건 움켜쥐어야 한다.

2부
우주폭발대마왕긴꼬리핼리혜성

· · ·

　원구는 시디를 듣고, 또 들었다. 며칠째 반복해 듣느라 귀에 딱지가 앉을 정도였다. 이미 멜로디는 다 외웠다. 종이에 적힌 가사를 멜로디에 맞춰보았다. 쿵짝, 쿵짝, 쿵짜작짝짝. 이 부분이다. 노래를 시작해야 한다. 하지만 머릿속에서는 노래하고 있지만 밖으로 음이 되어 나오지 않았다. 남의 노래를 듣지 않고 노래를 부르는 것은 원구에게는 처음이었다.
　노래.
　그것은 원구에게 운명적으로 다가왔다, 라고 했으면 좋겠지만 '운명'의 의미도 모르던 때였다. 말 못하는 엄마, 말이 없는 형과 지내던 섬에서 하루 종일 들려오는 것은 파도소리뿐. 가끔 갈매기에게 말을 걸어보았지만 똥만 찍 갈길 뿐이었다. 방구석의 서랍 위에 고이 모셔진 고물 라디오의 다이얼을 돌린 건 순전히 심심해서였다. 하지만 그 순간, 오줌 쌀 뻔했다.
　갑자기 라디오에서 흘러나온 소리는 강약, 중강약으로 가슴을 세차게 두드리고 쓰나미처럼 단숨에 혼을 쏙 빼놓았다. 달의 사막을 허들 넘듯 뛰어와 "놀랐지?"라고 속삭이는 외계인의 목소리를 들은 것처럼, 얼어붙고 말았다. 그런데 그 목소리가 자신에게도 나오는다는 것을 안 순간 원구는 달에서 옥토끼라도 만난 기분이었다. 마법 같은 소리와 제 노래가 비슷해질수록 원구는 기뻤다. 똑같이 따라 부르는 것만은 자신 있었다. 변삼용은 원구의 그런 재주를 처음으로 알아봐준 사람이었다. 그런데 이제 와서 똑같이 불러서는 안 된다고 말을 싹 바꿨다. 원구는 빈 그물을 끌어올릴 때처럼 풀이 죽었다.

원구는 컨테이너박스에서 나와 옥상 난간에 섰다. 산비탈을 타고 다닥다닥 붙어 있는 집들 위로 오랜만에 맑은 하늘이 펼쳐졌다. 아침에 잠시 내린 비가 먼지를 씻어내린 하늘이 눈부시게 파랬다. 푸른 하늘과 뭉게구름. 섬에서는 매일 질리도록 봐오던 광경이었지만 이곳 도시에서는 좀처럼 보여주지 않는다.

구름이 맞닿은 선에서 누군가 뛰어온다. 까맣게 탄 얼굴에 하얀 이가 다 드러나도록 활짝 웃는 얼굴. 형, 형이다! 아니, 자세히 보니 그건 자신의 모습이다. 바다 가운데 난 길을 달린다. 갯벌에 앉아 있던 새들이 놀라서 하얗게 날아오른다. 퍼덕이는 새의 깃털 사이로 햇살이 부서지고 빛난다. 원구는 눈이 부셔서 가느다랗게 실눈을 했다. 눈을 감아도 햇살이 쏟아지는 것을 느낄 수 있다.

원구의 뺨에 눈물이 흘러내렸다. 눈이 부셔서 그런 것뿐이다. 하지만 매일 밤 원구가 소리 죽여 운 것은 눈이 부셔서도, 어둠이 무서워서도 아니다. 손을 아무리 내밀어도 잡을 수 없는 엄마와 형을 꿈에서 보았기 때문이다. 손을 내밀면 내밀수록 엄마와 형은 멀어져갔다. 엄마와 형은 멀찍이서 다정하게 웃고 있었다. 원구는 가슴 한구석이 아릿해졌다. 떠난 것은 그들이 아니라 자신이라는 사실 때문에 더욱 가슴이 막막해졌다.

"뭐 해?"

계단에서 만수가 고개를 쑥 내밀었다. 만수는 원구의 손에 들려진 종이를 휙 낚아챘다.

"이게 뭐냐?"

"가사라더만."

"사랑의 아픔은 다 던져버리고, 짜라라짜짜. 뭐냐, 이거 트로트 아냐? 이런 거 왜 불러? 구리게 트로트가 뭐냐?"

"구려?"

"구리지, 구려. 사장님은 참…… 댄스곡으로 멋진 거 하나 뽑아주시지. 야, 너 춤은 좀 추냐?"

"안 춰봤는디."

"하긴 텔레비전도 못 봤다고 했으니. 얼굴도 그렇고……. 너는 아무래도 보컬 전문인가보구나. 한번 불러봐라."

"…… 이 노래는 아즉 잘 안 되는구먼."

"그래? 그럼 다른 노래 한번 불러봐. 네 실력이 어느 정도 되는지 형님이 한번 봐주마."

 잠시 머뭇거리던 원구의 입에서 갑자기 랩이 터져나왔다. 허스키한 저음의 목소리로, 읊조리는 듯하면서도 강한 비트의 랩이 파도처럼 쏟아졌다. 그리고 이어 고음의 가는 목소리가 한동안 이어지더니 이내 힘차고 거친 소리가 툭 튀어나왔다. 아이돌그룹의 멤버는 모두 일곱 명의 소년. 일곱 명의 멤버가 한두 소절씩을 번갈아 부르는 힙합 풍의 댄스곡이다. 강하고 굵은 록 스타일, 소울 풍의 애잔한 목소리, 성우처럼 부드러운 목소리, 변성기를 거치지 않은 미성까지 멤버의 목소리는 제각각이다. 원구는 각 파트마다 그들의 목소리와 창법을 완벽히 재현했다. 누군가 보지 않고 듣기만 했다면 틀림없이 그 아이돌그룹이 부른 것이라 생각했을 것이다. 원구의 노래가 끝나고도 입을 다물지 못하는 만수.

 "너……, 쫌 하는데!"

 만수가 원구의 어깨를 툭 쳤다.

 "개인기 죽이는데. 너 모창 대회 같은 거 나가면 짱 먹겠다."

 하이에나 같은 만수가 제집처럼 뒤져 끓여 내온 라면을 나누어 먹은 후 둘은 평상에 누웠다. 평상 끝에 머리를 맞추니 다리가 비죽 평상 밖으로 나왔다.

 "너는 학교 안 댕기냐?"

 "다니지. 학교 끝나고 집에 가서 옷 갈아입고 나온 거야."

"너, 친구 없제?"

"친구가 왜 없어? 내가 얼마나 인기 짱인데."

"그라믄 아들이랑 놀제 왜 혼자 다니는겨?"

"요즘 애들이 얼마나 바쁜데. 놀 시간이 어디 있냐? 학교 끝나면 다 학원 가지."

"그려? 니는 왜 학원 안 댕기는디?"

"나는 대학 안 갈 거다."

"공부를 한참 못허는갑다."

"아, 이 자식이!"라며 만수는 벌떡 일어나 앉아 원구의 배에 몇 번 훅을 먹이는 시늉을 했다.

만수는 옥상 바닥을 몇 번 찼다. 그러더니 한 손을 바닥에 대고 두 다리를 번쩍 들어 하늘에 대고 몇 번 발길질을 하고 다시 평상에 앉았다.

"여기는 참 좋다. 남산도 잘 보이고, 한강도 내려다보이고."

"높은 디를 좋아허는갑다. 나는 이라고 높은 디는 첨이라 한참 어지럽더만."

"올려다보는 것보다는 내려다보는 게 낫지 않냐? 내가 인생신조가 있다."

생활신조라는 말은 들어봤어도 '인생신조'는 처음이었다.

"그건 말이야 '부러우면 지는 거다'다. 나는 말이다, 들러리 인생 같은 거 딱 질색이다. 좋은 대학 갈 애들 들러리나 서고, 사회에 나가서도 평생 그런 애들 밑에서 굽실거리고 살기는 싫단 말이지. 그런 놈들이 꿈도 못 꾸는 걸 할 거야. 공부할 놈들은 공부하라고 하고, 나는 나 잘하는 것 열심히 하면 되지 않겠냐?"

"그래서 춤추는겨?"

"어, 나 빨리 가수 되고 싶어."

"가수 되믄 좋은가?"

"야, 그걸 말이라고 하냐? 돈도 많이 벌고, 텔레비전에도 막 나와서 유명해지고, 방송국에서 소녀시대도 만날 수 있잖아."

만수의 뺨에 빗금이 쳐지더니 헤벌쭉 웃었다.

"그래서 말이다. 너 나랑 듀엣 하자. 내가 춤은 좀 되는데 노래가 살~짝 약해서 말이다. 네가 비주얼이 영 안 되는 게 마음에 걸리기는 하지만, 뭐, 괜찮아. 댄서가 비주얼이 좋으니까. 넌 나중에 얼굴 공사 좀 하지, 뭐. 수억 나오긴 하겠지만. 아, 왜? 아무튼 나는 춤을 출 테니 너는 노래를 해라."

"누구 맘대로?"

"누구 맘대로는. 형님 맘대로지."

"흥."

원구는 코딱지를 파서 튕겼다.

⋯

다음날, 만수가 바람에 날리는 비닐봉지처럼 휘청거리며 어김없이 나타났다.

"그건 뭐여?"

원구가 만수가 옆구리에 끼고 온 것을 가리켰다. 만수는 싱글거리며 돌돌 말린 거적 같은 것을 폈다.

"매트다. 너한테 필요할 것 같아서. 오늘은 내가 너에게 특별히 한 춤 가르쳐주마."

만수는 몇 번 겅중겅중 뛰더니 바닥에 깐 매트 위에 냉큼 올라 물구나무를 서더니 뱅글뱅글 돌기 시작했다. 길쭉한 만수의 몸이 돌아가는 모습은 어쩐지 위태위태해 보였다. 하지만 용케도 쓰러지지 않고 이내 몸을 납작 엎드리더니 두 다리를 번쩍 들어 마구 돌리기 시작했다. 수수깡처럼 비쩍 마른 몸이 바람개비처럼 빙글빙글 잘도 돌았다. 그러기를 한참 후 만수는 폴짝 일어나 빨개진 얼굴로 싱긋 웃었다.

"나 좀 짱이지? 이게 고난위 기술! 헤드스핀이랑 윈드밀이다. 너 완전 감동 먹었지?"

"그렇다고 혀."

"막 부러워서 미치겠지?"

"부러우면 지는 거람서?"

"으하하. 역시 부러운 거구나. 자식, 이 형님 따라 열심히 하면 가르쳐줄게."

"밸로 안 배우고 싶은디."

"겁나는구나, 자식. 아무리 네가 보컬 전문이라고 해도 대세는 댄스 가수니까. 너도 기본은 해야지. 이 형님이 쉽게 쉽게 가르쳐줄게. 풋워크랑 프리즈, 탑락, 업락 이 네 가지가 비보이의 기본이다. 그니까 이걸 싸움이라고 생각해봐. 탑락은 공격하기 전에 자리를 확보하는 거야. 이렇게."

만수는 두 주먹을 불끈 쥐어 들어올렸다.

"아주 딱 깡패 같구만."

"노, 노, 노!" 만수는 손가락을 세워 좌우로 흔들었다. "그게 아니라 리듬을 타는 거야. 음악이 있으면 좋은데. 아무튼 리듬에 몸을 맡기는 거야. 그렇다고 마구 흔들면 네 말대로 건달처럼 보이니까 절도 있게. 따라 해봐."

원구는 만수가 몸을 흔드는 대로 따라 했다. 만수는 원구를 보더니 고개를 절레절레 흔들었다.

"너, 어떻게 된 게 몸썰미가 그 모양이냐. 일단, 다음 동작으로 넘어간다. 공격할 자리를 차지했으면 이제 공격하는 거야. 주먹을 쥐고 이렇게 펀칭하면서 몸을 흔드는 거야. 이게 업락이야. 자, 따라 해봐."

원, 투, 원, 투. 원구는 마구 주먹을 날렸다. 만수는 또 고개를 흔들었다.

"리듬을 타야지, 리듬을. 권투를 하는 게 아니야. 이번에는 풋워크. 네 박자야. 원, 투, 쓰리, 포. 원에 두 손을 앞으로 모았다가 투에 뒤로 빼고. 왼쪽 다리 빼고, 오른쪽 다리 빼고."

원, 투, 쓰리, 포. 스텝이 엉키고 만다. 다시, 또다시. 만수는 지치지도 않고 "원, 투, 쓰리, 포."를 외쳤고 원구는 완전히 녹초가 돼서 쓰러졌다. 평상에 길게 누운 원구의 얼굴에 검은 그림자가 드리웠다. 그림자가 "쯧쯧." 혀를 찼다.

"너, 보기에는 곰이라도 때려잡게 생겼는데 완전 약골이다."

"차라리 곰을 잡는 게 낫겠구먼."

원구는 가쁜 숨을 내쉬었다. 만수도 원구 옆에 털썩 드러누웠다. 바람이 솔솔 불어왔다. 평상에 누워 있으니 광합성 나온 오징어 같이 느긋한 마음이 들었다. 어디선가 나타난 고양이가 태평스럽게 난간을 걷다가 납작 누워 있는 두 마리 오징어를 보고 "야옹" 소리를 내고 내뺐다.

"으아아아~."

백만년 만에 동굴속에서 잠을 깨는 매머드 같은 소리를 내는 만수. 눈물까지 찍 흘리며 연방 하품을 해댔다.

"만수야, 언제 우리 섬에 한번 와라."

"뭐, 섬? 어쩐지 생긴 게 딱 섬 뻘이더라니. 니네 섬은 어디에 있는데?"

"여그서 엄청 멀어. 차 타고 한참 가고 또 배 타야 혀. 우리 섬 바닷속에 고기가 얼마나 많은지 몰르쟈? 고기 잘 잡히는 디는 성이랑 나만 아는 비밀인디 내가 인심 한번 쓸란다. 너한티만 살짝 갈쳐주께. 근디 고기는 잡어봤냐?"

"낚시? 낚시 안 해봤는데."

"이런 촌놈. 내가 갈쳐줄랑게 걱정 마. 회도 떠주고 매운탕도 끓여줄 텐게 한번 와. 우리 섬에 올라믄 바다 가운데에 나는 물길을 건너야 혀. 하루에 두 번 길이 열리는디 바닷길 따라 막 달리믄 기분이 얼마나 좋은지 몰라. 참말로 좋제."

마치 바다 길을 걷기라도 하듯, 원구의 눈은 먼 하늘을 짚어보고 있었다. 그런 원구를 따라 하늘을 멍하니 바라보던 만수.

"뻥 치시네."

"뻥 아녀. 가서 보믄 알 거 아녀."

"뻥이면 백만원!"

"그려, 백만원 벌었구만."

"아이씨, 그럼 있다 쳐. 근데 너, 서울은 처음이냐?"

"요 밑에 엄청 큰 가게 하나 있제?"

"응. 홈마이너스마트?"

"거그서 5초 동안 본 사람이 평생 본 거보다 훨씬 더 많어."

"니네 섬에는 마트 없냐?"

"구멍가게도 없어."

"텔레비전도 없고?"

"라디오는 하나 있제."

"학교도 없고, 학원도 없겠네."

"입 아프게 자꾸 말 시키냐? 우리 집밖에 없당게."

"젠장, 진짜 좋겠다! 학원도 없고, 학교도 없고 …… 그래도 소녀시대도 못 보고 피씨방도 없다는 건 좀 그렇지. 역시 세상은 평등한 거야."

만수는 만족한 듯 '에헤헤' 웃었다.

"야, 놀면 뭐 하냐? 연습이나 다시 하자."

만수는 벌떡 일어나더니 온몸을 흔들며 스텝을 밟기 시작했다.

"웬 놈들이 이렇게 쿵쿵거려?"

벼락같은 고함 소리. 계단에서 요전의 심술궂은 머리가 쑥 올라왔다.

"도대체 뭐 하느라 이 야단법석이냐?"

아랫집 사는 집주인 영감이었다. 이번에는 중절모를 쓰지 않은 대신 노인의 하얀 머리는 기름으로 빈틈없이 넘겨져 있었다. 머리는 숱이 적어 성성한데 눈썹은 너무도 풍성하고 기묘할 정도로 길었다. 인상을 쓰니 하얀 송충이 같은 눈썹이 살아 있는 듯 꿈틀거렸다.

"아, 안녕하세요?"

"네놈들 때문에 안녕 못하시다. 넌 누구냐?"

노인은 만수를 날카롭게 노려보았다.

"저는 만순데요."

"만순지 순댄지. 놀러 왔으면 곱게 놀다 가지 왜 이렇게 시끄럽게 굴어?"

"제가 그러니까 장차 가수 될 거라서요, 연습 좀 했어요."

"가수면 노래를 해야지 왜 그렇게 쿵쿵거려?"

"댄스 가수거든요, 할아버지. 한번 보실래요?"

만수는 스텝을 밟고 머리를 박고 다리를 돌리기 시작했다. 빨개진 얼굴로 벌떡 일어난 만수를 보고 하얀 송충이가 또 꿈틀거렸다.

"노래는 안 해?"

예상치 못한 송충이의 질문에 만수는 당황했다.

"노, 노래는 얘가 해요. 야, 너 어제 그 노래 해봐."

원구가 댄스곡을 부르자 만수는 노래에 맞춰 춤을 추기 시작했다. 처음으로 둘이 맞춰보는 노래와 춤은 연습이라도 한 듯 척척 맞을 리 없고 우왕좌왕. 대충 노래와 춤이 끝났다. 둘을 지켜보던 노인의 송충이가 팔(八) 자를 그렸다.

"쯧쯧, 그래서 무슨 가수를 하겠냐. 쯧쯧쯧……."

당장 옥상에서 뛰어내려도 시원치 않을 법한, 못 볼 걸 봤다는 노인의 질색한 얼굴. 그런데 노인은 내려가는 대신 오히려 평상 위에 턱 걸터앉았다.

"부모님이 니들 이러는 거 아시냐? 하긴 애비라는 작자도 그 모양이니."

갈색으로 염색한 머리에 밤에도 선글라스를 애용해주시는 변삼용을 가리키는 말인 것 같았다.

"얘네 아빠 아니에요. 사장님이에요."

내려갈 생각 없는 송충이 옆에 원구와 만수는 멀거니 앉아 있었다. 한참 후에.

"너희들 혹시 고양이 봤냐?"

"네? 고양이요? 네, 봤습니다. 저 아래로 내려가는 고양이 봤습니다. 그러니까 고양이 찾으시려면 저 아래로 내려가면 됩니다."

"찾는 게 아니라 쫓으려고그래. 도둑고양이거든."

"아, 네, 여기는 절대 없고 올라오면 쫓아내겠습니다."

"멸치 같은 거 주지 마."

"네, 절대 안 주겠습니다. 걱정 마시고 돌아가십시오."

만수는 계단을 내려가는 노인의 등에 대고 꾸벅 절을 했다.

· · ·

덜컥, 덜컥, 덜덜덜, 드르르르르, 쿵쾅쿵쾅, 달달달달.

옥상을 울리는 소리. 아무리 들어도 싫증 나지 않는 소리다. 몸을 부르르 떠는 게 귀여워 죽을 지경이었다. 원구는 황홀해서 눈을 떼지 못했다.

"야, 뭐 하냐?"

등 뒤에서 들리는 목소리. 이제는 놀랍지도 않다. 보나마나 만수.

"사장님~, 사장님, 안에 계세요? 안녕하세요? 만수 왔어요~."

"아재는 아침 묵자마자 나간 지 오래여."

"그래? 사장님 얼굴 보기 힘드네. 오디션 때문에 상의 드릴 것도 많은데. 역시 사장님이니까 바쁘시구나."

"니는 인자 학교 아예 제끼능가? 아무리 대학교도 안 댕기고 밑바닥 인생을 사는 것이 꿈이라고 해도 학교까지 빠지는 건 너무 심한 거 아녀?"

"이 자식이, 형님 인생을 밑바닥이라니. 오늘 놀토야. 학교 안 가는 토요일."

"그려서 이렇게 아침 댓바람부터 여기 왔당가? 니도 솔찮이 딱헌 인생이구만."

쿠르릉 쾅쾅, 드르르르르.

"저 시끄러운 생물체는 뭐냐? 저거 혹시 세탁기냐?"

며칠 전에 변삼용이 떠메고 온 것이었다. 땀범벅이 된 변삼용이 원래의 색깔을 전혀 짐작할 수 없는 세탁기를 내려놓으며 자수성가로 집 장만한 가장처럼 활짝 웃었을 때, 원구는 알아차렸다. 또 누가 버린 것을 신나게 주워들고 왔구나. 변삼용은 거의 매일 이것저것 잡다한 것을 주워들고 왔다. 찌그러진 냄비부터 다리가 세 개뿐인 의자, 손가락으로 버튼을 누를 때만 돌아가는 선풍기에 이르기까지. 들고 오는 물건의 주제는 '일단 눈에 띄면 모조리'로 일관성 있었다. 원구의 소원은 단 하나, 누가 제발 텔레비전을 버려주는 것이었다.

주워온 물건들 상태가 그렇듯, 세탁기는 요즘 보기 힘든 수동식인 데다 소리마저 요란했다. 하지만 원구는 반하고 말았다. 세탁기가 춤을 췄던 것이다. 세탁을 끝내고 풀썩 한숨을 내쉰 세탁기는 달달달, 진동하며 달그락달그락 움직여 어느 틈에 옥상 끝까지 이동해 있었다. 옥상 바닥이 약간 기울어서였다. 이게 보다보면 굉장히 재미있어서 원구는 하루에 백 번이라도 빨래를 하고 싶어졌다.

"이런 변태 새끼. 내가 카페인, 니코틴, 본드, 딸딸이 중독은 들어봤어도 세탁 중독은 들어본 적이 없다. 맨날 옥상 구석에만 있으니 네가 이 모양이지. 안 되겠다. 오늘 이 형님이 너 바깥 구경 좀 시켜주마."

"바깥 구경?"

"잔말 말고 형님만 따라와."

만수는 앞장서서 거침없이 계단을 내려가기 시작했다.

원구는 처음 지하철을 타보았다. 텔레비전을 만든 사람은 완전 천재, 세탁기를 만든 사람은 그다음 천재라고 생각했는데 지하철이란 것에 넋이 빠져버렸다. 지하철이 어둠을 헤치고 한강을 건너 홍대입구역에 다다랐다. 밖으로 나오니 햇빛이 쏟아지고 있었다. 사람의 파도를 헤치며 만수는 쏜살같이 달려갔다. 원구도 부지런히 뒤를 쫓았다.

섬을 떠난 뒤 매일 놀라움의 연속이었다. 24시간 문을 여는 편의점과 포장된 생선, 패스트푸드점의 셀프서비스와 자동으로 열리는 지하철 출입구와 엘리베이터, 돈 주고 사야 하는 쓰레기봉투……. 돈을 내고 쓰레기를 버리다니. 말도 안 돼. 섬에서 나오자마자 외계 세상으로 진입한 기분이었다.

"어디 간다냐? 여기가 어디여?"

"젊음의 거리, 홍대지."

지나가는 여자들을 쳐다보느라 고개가 꽈배기처럼 꼬인 만수. 앞에 가는 여자의 다리에 무섭도록 집중하며 말했다.

"아, 너무 일찍 나왔어. 역시 홍대는 밤이 돼야 불타오르는데. 클럽 문 열려면 한참 더 있어야 돼."

"클럽?"

"내가 좀 들러주는 데가 있지." 거들먹거리는 만수. "진짜 신나서 너 미쳐버려도 책임 안 진다."

불타오르지 않았다는데도 원구는 눈이 부셨다. 현란하게 밝혀지기 시작하는 가게의 조명들, 수영복 같은 옷을 입고 맨살을 드러낸 여자들, 어깨를 밀치고 지나가는 사람들, 수많은 음식점에서 풍겨 나오는 냄새, 좁은 길을 그악스럽게 뚫고 들어오는 자동차, 오토바이와 자전거의 요란한 경적소리. 그리고 노랫소리……. 노랫소리?

・・・

'우주폭발대마왕긴꼬리핼리혜성.'

그것이 밴드 이름. 그네와 미끄럼틀이 있지만 뛰노는 아이들은 하나도 없는 놀이터 한구석을 점령한 밴드. 이름만큼 요상한 사람들의 집합이라고 원구는 생각했다.

기타를 든 모히칸 머리가 보컬. 귀뿐만 아니라 눈가에도 피어싱을 잔뜩 한 게 기타보다는 창 들고 '오오오오오' 소리 지르는 게 더 어울릴 것 같은 모습. 마이크를 입안에 처넣고 쉴 새 없이 비트박스를 하고 있는 노랑머리, 커다란 북을 가랑이 사이에 놓고 두드리는 레게머리와 뚱땡이, 두 개가 한쌍인 작은 북을 두드리는 얼떨떨한 신입사원처럼 보이는 안경쟁이 남자.

뭐니뭐니 해도 가장 강렬한 포스를 뿜는 것은 드러머였다. 담배를 입에 물고 이따금 생각났다는 듯이 드럼을 '퉁' 두드린다. 남자는 머리에는 태극무늬 두건, 얼굴에는 선글라스, 목에는 시뻘건 수건을 두르고 있었다. 반팔 셔츠 아래 드러난 팔에는 문신도 슬쩍 보인다. 캔 맥주를 주구장창 들이켜며 칭칭, 두두둥, 쾅!

    더운 날씨에요. 여름이니까요. 홍대에서 논 지 3년, 여자 친구 떠나고 고양이도 집을 나갔죠. 우워워 우워어~.

원구와 만수는 노래를 듣다 빵 터졌다. 집 나간 고양이 심정 완전 공감.

노래만 부르는 게 아니었다. 북 치던 레게머리가 앞으로 나오더니 바닥에 깔아놓은 판자 위로 올라가 슬슬 리듬을 탔다. 그러다 다리를 미친 듯이 움직이기 시작했다. 그리고 퍼지는 요란한 말발굽소리. 이 사람, 지금 탭댄스 추나봐. 강한 록비트에 탭댄스라니. 하지만 어쩐지 신이 나고 말았다. 리듬이 점점 빨라지고 레게머리의 탭댄스도 격해졌다. 현란한 발놀림, 걷잡을 수 없이 쏟아지는 발굽소리. 레게머리가 고개를 하늘로 쳐들었다. 달아오른 얼굴은 땀으로 뒤범벅되어 있었지만 즐거워서 견딜 수 없다는 표정.

다음은 두건 쓴, 강렬한 포스 지니신 드러머의 단독 연주. 치치치치, 치치치, 퉁, 치치치치, 투다다다, 둥둥둥. 북 하나, 심벌즈 하나뿐이지만 묘하게 긴장된다. 드러머는 중간중간 구령을 넣는다.

"원, 투, 쓰리, 포, 에잇, 비트박스!"

노랑머리가 벌떡 일어나더니 마이크를 삼킬 듯 비트박스를 하기 시작했다. 북치기박치기 북치기박칫, 북츳북츳 프츳츳 프츳츳 북츳 프츳츳.

원구는 가슴 한구석이 뻥 뚫리는 기분이었다. 어깨가 들썩들썩. 하멜른에서 피리 부는 사나이를 따라가는 쥐처럼, 원구의 팔다리가 저절로 덩실덩실 춤추기 시작했다. 반주도 노래도 없이 입 하나만으로 이렇게 신나게 할 수 있다니. 믿어지지 않지만 신나버렸다. 비트박스가 끝나자 원구와 만수는 손바닥이 부르트도록 박수를 쳤다.

"네! 빨간 셔츠, 파란 바지, 노랑머리로 오늘 신호등 패션을 선보인 비트박스, 폭발의 무대였습니다. 드럼에는 우주 형님이셨습니다!"

밴드 이름 '우주폭발대마왕긴꼬리핼리혜성'은 멤버 이름인가? 우주, 폭발, 대마왕, 긴꼬리, 핼리, 혜성……. 원구는 손을 꼽아보았다. 모히칸, 신호등, 레게머리, 풍뎅이, 신입사원, 문신, 여섯 명 딱 맞다.

"세팅을 위해 3분 32초 정도 쉬겠습니다. 앗, 어디 가지 마세요! 잠시 후 여러분이 기다리시는 오늘의 하이라이트가 기다리고 있습니다. 아, 그리고 저 앞에 놓인 통은요, 뭐 신경 쓰지 마시고요. 네, 감사합니다. 긴 머리 숙녀분, 아름다우십니다."

밴드 앞에는 큼지막한 플라스틱 통이 놓여 있었다. 긴 머리 숙녀분이 머리를 쓸어올리며 우아하게 돈을 집어넣었다.

"저 사람들 거지여?"

"예술가지, 거리의 예술가."

"가수여? 테레비에도 나오고?"

"텔레비전이 뭐, 내가 나왔으면 정말 좋겠네, 하면 다 나오는 덴 줄 아냐? 저 사람들은 언더."

언더. 뭔가 어두침침한 느낌이 들었다.

"텔레비전에 못 나가니까 이런 데서 노래하는 거 아니냐. 그런 말 있잖아. 젊어서 고생은 사서 뭣 하냐? 한 살이라도 어릴 때 아이돌 가수로 떠서 돈 수억 벌어야 저 아저씨처럼 안 되는 거야."

만수가 손가락으로 가리키는 곳에 문신 드러머가 험상궂은 얼굴로 담배 연기를 공룡처럼 내뿜고 있었다.

갑자기 주위가 소란스러워졌다. 그리고 보니 처음보다 구경하는 사람들이 꽤 늘어나 있었다. '꺅꺅.' 숨넘어갈 듯한 비명소리를 헤치고 기타를 멘 긴 머리의 늘씬한 미소녀가 나타났다. 멤버들과 일일이 하이파이브를 하는 미소녀의 모습에 오후의 마지막 햇살이 찬란하게 비쳤다. 저 아름다운 생물체는 누구? 얼이 빠지고 말았다, 뭐라고 말할 수 없는 미모와 박력에.

　작은 놀이터를 단숨에 날릴 듯한 폭발적인 사운드. 징징징 기타 소리도, 두두두두챙 드럼 소리도 아까와는 비교도 되지 않았다. 그건 새로 나타난 보컬이 불어넣은 힘. 가냘픈 몸에서 나오는 것이라고는 믿어지지 않을 정도로 대단한 성량이었다. 높고 아름다운 목소리지만 힘이 넘친다. 뒷골이 찡할 정도로, 소름이 돋을 정도로. 미소녀는 가요와 팝송을 섞어서 여섯 곡 정도 이어 불렀다. 어느 곡이나 기막히게 잘한다. 긴 머리를 마구 흔들며 노래하는 보컬, 멋지다는 말 외에 다른 건 떠오르지도 않는다.

　그리고 원구는 처음 보았다. 사람이 사랑에 빠지는 순간을.

　"아, 나 반한 것 같아."

　만수, 완전히 얼빠졌다. 뺨을 찰싹찰싹 때려도 전혀 눈치채지 못할 것 같았다.

　과연 빠질 만하다. 헐렁한 티셔츠와 달라붙는 청바지뿐이지만 누가 뭐래도 여신의 모습. 조막만 한 얼굴에 늘씬하게 쭉 뻗은 긴 다리, 나풀거리는 긴 생머리 아래로 이목구비가 뚜렷한 하얀 얼굴. 사람들의 열광에도 무표정한 얼굴로 눈길 하나 주지 않는데, 그게 또 안달 나게 한다. 보컬이 머리라도 한번 쓸어넘기면 '꺅꺅' 자지

러지는 소리가 났다. 만수뿐 아니라 모두에게 사랑받고 있는 여신.

노래가 끝나자 통이 가득 찼다. 알록달록 포장지에 싼 선물과 음료수와 과자, 꽃이 잔뜩. 사람들이 경쟁적으로 통을 채우고 나자 주위까지 수북하게 선물이 쌓이기 시작했다. 미소녀는 놀이터의 스타였다. 만수의 라이벌들이 '꺅꺅' 소리를 지르자 만수의 눈이 이글이글 타올랐다. 질투에 빠진 중학생의 모습이란, 흡사 불타는 한 마리 야광해파리.

마지막 앙코르 곡이 시작됐다. 두구두구둥둥, 징징징징~. 드럼과 전자기타로 박력 있게 시작된 곡. 스탠딩 마이크 앞에 선 미소녀 보컬의 입에서 흘러나온 노래는……

My girl. Talking about my girl.

"어, 이건. 영화 노래 아녀?"

만수는 귀가 들리지 않은 지 오래다. 눈도 곯은 동태눈처럼 흐리멍덩했다. 어이없다, 이 노래. 라디오에서 분명히 영화음악으로 소개하던 그 노래다. 그런데 미소녀가 부르는 것은 전혀 다른 노래. 이, 이거 뭐냐? 무슨 노래를 저 따위로 부르는 거야? 그런데 둥둥둥, 어쩐지 신이 난다. 혼을 쏙 빼놓는다. 비트가 강한 록 버전의 〈마이 걸〉을 부르며 미소녀가 긴 머리를 격렬하게 흔들 때마다 놀이터는 환호성으로 들썩거렸다.
 아, 저렇게 부를 수도 있구나. 원구가 감탄할 때 미소녀 앞으로 튀어나온 것은 한 마리 미친 개, 아니 만수! 미소녀를 향한 사랑에 만수는 부끄러움 따위 개나 줘버렸던 거다. 만수의 굉장한 기세에 눌려 사람들은 자리를 슬슬 피했다. 하지만 만수는 아랑곳 않고 탭댄스도 울고 갈 현란한 발놀림을 시작으로 윈드밀, 헤드스핀, 토마스, 에어트랙, 나이틴……, 재주넘는 곰 뺨치게 재간을 부리다 마침내 텀블링으로 깔끔한 마무리!, 는 만수 생각이고, 땅바닥에 내동댕이쳐졌다. 왁자하게 터지는 웃음소리. 미친 해파리는 울부짖으며 놀이터를 가로질러 사라져갔다. 하지만 웃음소리는 만수가 사라진 뒤에도 끈질기게 이어졌다. 이로써 대망신.
 공연이 끝나자 놀이터는 완전히 어둠에 싸였다. 악기를 챙기는 멤버들 주위로 여자아이들이 몰려들었다. 원구는 만수를 찾아 놀이터를 돌았다. 만수는 멀찍이 떨어진 나무 아래서 눈물을 찍어누르고 있었다.
"괜찮어? 피 안 나냐?"
"내 가슴이 피를 토하고 있다."
 만수는 머리를 쥐어뜯으며 애절한 눈으로 미소녀 쪽을 가리켰다.
"쟤, 쟤도 봤겠지?"
"쟈 눈은 뭐 폼으로 달렸겠냐?"

"아, 나 미쳤나봐. 아무것도 안 들리고, 쟤만 보이는데, 몸이 저절로 막 움직여서……. 왜 하필 그때 실수를 했냐? 아이씨, 쪽팔려."

원구는 만수의 어깨를 토닥였다.

"사람이 살다보믄 하루쯤은 미친개가 되기도 하고 글지, 뭐."

"마지막만 빼고는 그렇게 이상하지 않았지?"

"어, 근디 기억나는 건 마지막뿐이여."

"강렬한 인상을 줬다 이거지? 그럼 됐어. 분명히 내게 반했어. 이제 쟤는 내 거야."

만수, 아무래도 패대기쳐지면서 머리를 다친 것 같았다.

만수의 눈이 쥐를 발견한 고양이처럼 반짝였다.

"야, 어디 가냐? 만수야, 클럽 가는 거여?"

만수는 밴드 멤버들 뒤를 좀비처럼 따라가고 있었다.

. . .

만수와 원구는 클럽 대신 지하 통닭집에 앉았다. 통풍이 잘 안 되는지 담배 연기가 가득 찬 어두운 실내에는 음악 소리까지 쾅쾅 울려서 통닭이 코로 뛰어드는 기분이었다. 우주폭발대마왕긴꼬리핼리혜성 여섯 멤버와 미소녀가 맥주잔을 부딪치며 신나게 웃고 떠들고 있었다. 만수는 소심하게 밴드의 테이블에서 뚝 떨어져 앉았지만 눈만은 무서울 정도로 미소녀에게 집중하고 있었다. 미소녀를 향한 굳은 결의를 표현하듯 만수는 통닭을 오도독오도독 뼈까지 씹어삼켰다.

그러잖아도 눈길을 사로잡는 허우대에, 눈에서 레이저를 쏘아대는 만수를 못 볼 리 없다. 신호등 패션의 노랑머리가 벌떡 일어나 만수를 향해 외쳤다.

"너, 아까 춤추다 자빠진 애지? 이리 와봐."

만수의 얼굴이 새빨개졌다. 여신과 대각선으로 마주 앉은 만수는 고개 숙인 불타는 토마토가 되었다.

"이름이 뭐냐? 만수? 우하하하. 몇 학년? 고등학생? 중학교 2학년? 키 180 넘어? 홍대 자주 와? 우리 알아?"

노랑머리의 질문에 만수는 고개를 가로저었다 끄덕이기를 반복했다.

"너, 춤 좀 춘 것 같더라. 엔딩이 아주 강렬하더라. 우하하하."

노랑머리의 말이 칭찬인 줄 알았던지 만수는 얼굴을 붉히고 온몸을 낙지처럼 비비 꼬며 흐흐흥 웃었다.

"공연 저, 정말 짱이었어요. 진짜 완전 존경합니다. 저, 저희도 음악에 아주 관심이 많아서요. 장차 가수가 될 꿈을 품고 있습니다. 원구가 보컬, 제가 댄스를 위주로다가 듀엣으로 이번에 슈퍼스타 프로젝트 오디션에 나갈 계획입니다. 앞으로 선배님, 아니 형, 형님으로 모시고 싶습니다."

누가 물어보지도 않았는데 제 입으로 포부와 계획 따위를 나불나불 불고 있는 만수.

"형님? 어, 그렇게 불러도 좋지. 이거 아주 재간둥이 동생일세."

라며 노랑머리가 헤벌쭉 웃었다.

"한잔해라."

문신 드러머가 원구와 만수에게 맥주잔을 건넸다.

"됐구만. 우린 술 안 마셔."

"흠, 요즘 보기 드문 젊은이들이구만. 그럼 콜라 시켜주지."

"아녀, 정말 괜찮당게."

"사양 마라. 콜라는 어른 앞에서 배우는 거야."

"워찌케 벼룩 간을 빼묵겠어. 깡통 놓고 힘들게 번 돈이잖어."

"우하하하."

멤버들의 웃음소리가 터졌다. 문신 사나이는 통닭집 사장, 얼떨떨한 신입사원 같은 안경잡이는 정말 회사원, 노랑머리와 뚱땡이는 대학생, 레게머리는 웹디자이너, 모히칸은 떡볶이집 주방장이라는 것이다. 원구는 깜짝 놀라고 말았다.

"뭣 땜시 깡통 놓고 노래한당가?"

"깡통 안 놓으면 막 돈을 던지는데 일일이 줍기 귀찮으니까."

"참말로?"

웃는 걸 보니 역시 농담.

"그라믄 취미로 허는 거여?"

"아니, 회사 다니는 게 취미생활이고 이게 진짜야."라고 말하는 안경잡이 회사원. "내 취미는 코스프레야. 슈퍼맨 있잖아, 슈퍼맨. 평소에는 안경 끼고 양복 입고 회사 다니다 '도와줘요, 슈퍼맨!' 그러면 빤스 입고 망토 휘날리면서 날아가잖아. 평소에는 나도 회사원 코스프레하는 거지, 우히히."

"나는 대학생 코스프레. 그러다 변신! 낄낄낄." 실성한 모습으로 변신한 노랑머리.

"가수 될라고 그러는겨? 회사랑 학교 댕기기 싫어서?"

"가수? 텔레비전도 나가야 되고, 행사도 뛰어야 되고, 그거 귀찮아."

"그럼 뭣 헐라고 노래한당가?"

"스피릿, 그거지. 스피릿이 가슴속에 있는 거지. 그건 말이지, 뭘 해도 사라지지 않아. 누구도 없앨 수 없는 거야."

문신 아저씨가 진지하게 말하는 걸 보니 취한 것 같았다.

"스피릿!"

멤버들이 일제히 잔을 들어 건배하고 요란하게 웃었다. 역시 여자 친구랑 고양이가 손잡고 집 나갈 만하다.

"저, 누님은 성함이……. 누님도 대학생이십니까?"

몸을 배배 꼬던 만수가 기어코 용기를 내어 레이저빔을 발사했다.

"누님? 우하하하. 이 누님은 예비 고등학생. 검정고시 준비 재수생. 이름은 민상. 우리 객원 보컬이야. 완전 인기 짱이지."

누님 대신 노랑머리가 대답했다. 아까부터 멤버에게만 속삭이듯 한두 마디 할 뿐, 분위기 제대로인 여신. 역시 여신답게 고고하기 그지없다. 노랑머리의 소개에 입가에 슬쩍 미소를 지었을 뿐인데, 만수의 얼굴은 당장 복종하고 싶어 죽겠다는 표정. 만수가 자리에서 벌떡 일어났다.

"민상 누님, 이름도 얼굴도 목소리도 너무너무 아름다우십니다!"

만수가 민상을 향해 배꼽인사를 했다. 요란하게 웃으며 테이블까지 두드리는 멤버들. 노랑머리는 웃다가 의자째로 벌렁 자빠졌다. 감정 표현이 격한 어른들.

음악소리가 요란하게 커졌다. 레게머리와 노랑머리가 일어나 테이블 사이에서 탭댄스를 추기 시작했다. 원구는 기분이 붕붕 뜨는 것 같았다. 어, 콜라도 많이 마시면 취하나봐. 이렇게 이상 야릇한 기분은 처음. 코스프레고 스피릿이고 뭔지 하나도 모르겠지만 가슴이 막 두근거리는 느낌. 콧구멍이 벌렁거리고 어깨가 자동으로 움찔거리고 발이 제 맘대로 탭댄스를 췄다.

한참 그러고 있는데 누군가 어깨를 툭 쳤다. 까맣게 잊고 있었던 만수가 등 뒤에 서 있었다. 불타던 만수의 얼굴이 창백하게 변해 있었다. 자세히 보니 눈에 눈물까지 그렁그렁 맺혀 있었다.

"가자."

"어, 갈라고? 한참 재미지는디."

만수는 대답도 없이 좀비처럼 스르륵 걸어서 가게 밖으로 나갔다. 원구도 떨어지지 않는 걸음을 억지로 떼 만수를 뒤따랐다.

"또 놀러와. 우리 토요일마다 놀이터에 있다."

노랑머리가 등 뒤에서 소리 질렀다. 문 앞에서 화장실에서 나오는 민상과 마주쳤다. 여전히 무표정한 얼굴로 원구를 지나쳤다. 테이블 쪽에서 다시 왁자한 웃음소리가 터져나왔다. 더 놀고 싶은 마음을 누르며 원구는 계단을 뛰어 올라갔다.

만수는 가게 옆 벽에 껌처럼 달라붙어 얼굴을 묻고 있었다.

"어, 우냐? 누가 때렸냐?"

만수가 눈물이 그렁그렁한 얼굴로 울부짖었다.

"민, 민상이 서서 오줌 쌌다. 크허헝~."

만수의 늑대 같은 울음소리가 어둠속으로 퍼져갔다.

3부
무척 하드한 트레이닝

· · ·

 엉덩이에 전해지는 충격에 원구는 눈을 번쩍 떴다. 변삼용의 발이 원구의 궁둥이 가운데에 정확히 꽂혀 있었다.
 "해가 똥구멍을 찌르겠다. 발딱 일어난다. 실시!"
 해가 서쪽에서 뜰 일. 변삼용이 먼저 일어나 원구를 깨우다니.
 "일단 이것부터 쭉 들이켜라."
 변삼용은 달걀을 원구의 눈앞에 들이댔다. 원구는 눈살을 찌푸리며 껍데기를 쪽쪽 빨아 날달걀을 '흡입' 했다.
 "내가 그동안 너를 너무 자유롭게 방치해두었다는 느낌이 강하게 든다. 오늘부터 특별 훈련을 실시한다. 첫 번째! 자신을 알아야 적을 깨부술 수 있다. 자, 여기에 대고 노래해봐라."
 변삼용은 원구의 입에 마이크를 들이댔다.
 "이거 뭐여?"
 "내 큰맘 먹고 하나 장만했다." 변삼용이 '흥흥흥' 웃었다. "녹음기다. 네 목소리가 어떤 상태인지 파악해야 너한테 맞는 목소리와 창법을 찾을 수 있지. 저번에 연습하라고 했던 트로트 한번 불러봐라. 계란도 먹었으니 은쟁반에 계란 굴러가듯 한번 뽑아봐."

"사랑의 반창고?"

"사랑의 반창고라니?"

"노래가 이름이 있어야제. 내가 하나 지어봤구만. 워쩌? 겁나 마음에 들제?"

"꼭 이름도 저같이……. 아, 그래! 완전 마음에 드니까 불러보기나 해."

"일단 밥부터 묵고."

"그럼…… 그럴까?"

밥상을 무르자마자 두 사람은 녹음기를 사이에 두고 평상 위에 앉았다.

"아, 아, 마이크 테스트, 아, 아……. 자, 불러봐라."

변삼용이 원구에게 마이크를 건네줬다.

"어, 그거 말고 다른 거. 아침이라 목을 좀 풀어야 쓰겄는디."

"그럼…… 그럴까?"

원구가 목을 가다듬더니 노래를 시작했다. 트래비스의 〈클로저〉. 톡 터뜨린 달걀노른자 같은 미성이 기분 좋게 퍼져나갔다.

"오케이! 들어보자."

변삼용이 재생 버튼을 누르자 녹음기에서 원구의 목소리가 흘러나왔다. "계란이 왔어요."랑 "참외, 설탕 참외 잡숴봐~."가 섞이긴 했지만 분명 조금 전 노래한 원구의 목소리였다. 신기했다. 원구가 제 목소리를 녹음해 듣는 것은 처음이었다. 다 듣고 난 변삼용의 미간에 주름이 잡혔다.

"어떠냐?"

"좋구만. 잘 불렀는디."

"그러게. 흠……, 다른 것도 한번 불러봐라."

이번에는 그린데이의 〈바스켓 케이스〉. 다시 녹음기로 확인.

"아까보다 더 잘 불렀는디."

"그러게. 이렇게 잘 부르는 건…… 계획에 없었는디."

변삼용은 고개를 갸웃거리더니 한참을 골똘히 생각에 잠겼다.

"음, 그러니까, 너는 노래를 뭐로 부르냐?"

"보믄 몰러? 입으로 부르제."

"아니, 소리가 어디에서 나오는지 잘 생각해봐. 네 노래는 목에서 나오는 것 같다. 내가 읽기로는, 아니 내가 생각하기에는 노래는 역시 배에서 나와야 하는 거거든."

변삼용은 주먹으로 배를 탕탕 쳤다.

"그렇게 목에서 생짜로 소리를 짜내면 안 되지. 배에서 울려서 나와야 진짜야. 그러기 위해서는 복식호흡이 중요하다."

"복식호흡?"

"응, 배로 숨 쉬는 거야. 가수들은 복식호흡으로 노래를 해. 숨을 들이쉴 때 배에 딱 힘을 주고 뱉을 때는 천천히 배를 집어넣으면서

호흡하는 거다. 허리 펴고, 어깨 똑바로 하고, 코에 힘 팍 주고! 자, 해봐라."

몇 번 힘을 주던 원구는 벌떡 일어나 몸을 뒤틀며 컨테이너박스 안으로 들어갔다. 잠시 후에 원구가 개운한 얼굴로 나왔다.

"힘 준게 배 아프구만."

"아, 그게 왜 안 되냐? 안 되겠다. 복식호흡을 위한 특훈이다. 복식호흡은 나처럼 탄탄한 복근에서 나오는 거지. 당장 윗몸일으키기 50회 실시!"

원구가 온몸을 뒤틀며 가까스로 윗몸일으키기 50개를 끝내기 무섭게 변삼용은 원구를 끌고 산비탈 아래 초등학교 운동장으로 갔다. 체육복을 입은 아이들이 배구 토스 연습을 하고 있고, 그 옆에 좀 작은 애들은 뜀틀을 넘고 있었다.

"가볍게 운동장 열 바퀴 실시!"

변삼용이 외치자마자 원구는 총알처럼 달려나갔다. 변삼용에게서 한시라도 빨리 떨어지고 싶은 마음. 노상 입고 있는 무릎 나온 트레이닝복에 선글라스 차림의 변삼용에게서 벗어나 그대로 내빼고만 싶었다. 하지만 변삼용은 언제 준비했는지 호루라기까지 불며 원구를 따라와 "헛둘, 헛둘." 하고 요란하게 구령을 붙였다. 시끌벅적한 변삼용의 등장으로 운동장에 있던 아이들의 시선이 모두 원구와 변삼용에게 쏠렸다.

"아, 쪽팔려. 떨어지랑게~."

원구의 부르짖음에도 아랑곳없이 변삼용은 더 크게 구령을 붙였다. 백 퍼센트 사람들을 의식한 거다. 온몸에 쏠리는 시선을 즐기는 변태 같은 변삼용을 원구는 맘속으로 저주했다. 결국 달려온 선생님의 주의를 받고서야 변삼용은 나무 그늘 아래 벤치로 물러났다. 하지만 멀리서도 "빨리, 더 빨리!"를 멈추지 않았다. 이내 원구의 이마에 땀이 솟기 시작했다.

원구는 속으로 욕을 한바탕 퍼부었다. 두 바퀴 돌다가 보니 변삼용은 한가롭게 나무 그늘 아래서 책을 읽고 있었다. 원구는 더 가열차게 욕을 퍼부었다.

빙빙 돌고 있는 원구를 보고 있자니 변삼용은 눈이 스르륵 감기기 시작했다. 새벽녘에야 들어왔으니 졸리는 것도 당연하다. 변삼용은 요즘 대리운전을 시작했다. 당장 한푼이 급한 처지니 진밥, 마른밥 가릴 때가 아니었다. 원구에게는 일 나가는 걸 알리지 않았다. 일부러 비밀로 할 생각은 아니지만 어쩐지 입이 떨어지지 않는다. 원구가 알고 혹시 부담이라도 느끼고 신문배달이라도 하겠다고 나서면……, 땡큐. 아니, 아니.

그러니까 폼이 안 난다, 역시. 남자는 뭐니뭐니 해도 폼생폼사 아닌가. 하지만 폼이고 뭐고 불경기라서 하룻밤에 서너 탕 뛰기가 어려웠다. 손님의 호출을 기다리며 편의점에서 컵라면을 먹거나, 편의점 주위를 걸어다니며 시간을 보내기가 일쑤였다. 대리운전보다는 대기 시간이 압도적으로 많다. 기다리는 것은 로드매니저 할 때부터 익숙했다. 어쩌면 자신의 인생은 늘 기다림으로 채워져 있는지도 모른다고 변삼용은 생각했다.

원구가 열 바퀴를 다 돌고 헐떡이며 벤치 쪽으로 갔더니 변삼용은 벤치 길이에 딱 맞춘 것 같은 다리를 쭉 펴고 코를 골고 있었다. 증오심이 활활 불타올라 원구는 변삼용이 베고 자는 책을 냅다 뺐다. 변삼용은 뒤통수를 붙잡고 온몸을 뒤틀며 소리 질렀다.

"나쁜 자식. 뇌진탕 걸려 죽는 꼴 보고 싶냐? 너, 열 바퀴 다 뛰었어?"

"이거 뭐여? 《한 달이면 당신도 음치 탈출》?"

원구의 눈이 화르륵 불타올랐다.

"만수 같은 아가 음치고, 나는 음치가 아니제."

"자기 소리도 잘 모르면 그게 음치지 뭐냐? 아무튼 잔말 말고 특훈이다, 특훈!"

다음 특훈 코스는 찜질방이었다.

원구는 냉탕으로 단숨에 뛰어들었다.

"거기 아니다."

변삼용은 김이 솟아오르는 탕을 가리켰다. 원구는 투덜거리며 뜨거운 물에 몸을 담갔다.

"자, 노래 불러봐라."

"아, 눈이 작아서 저것도 안 보인당가?"

원구가 손으로 가리키는 곳에는 '목욕탕 내 주의 사항'이 씌어 있었다.

"아차차, 샤워를 안 하고 들어왔네."

"아니, 그것 말고 '타인을 위해 소란 행위를 금지' 하라잖여. 어, 근디 아재 몸에서 나오는 깜장 고무줄은 뭐여? 때 아녀?"

욕탕에 앉아 있던 사람들 인상이 험악해지자 변삼용은 총알같이 튀어나갔다.

"야, 야, 잘 좀 밀어봐. 개미가 지나가는 것 같다. 에잇, 때수건 이리 줘봐. 내가 시범을 보이마."

변삼용은 두 손에 때수건을 끼고 '탁탁' 두드렸다.

"때는 힘으로 미는 게 아니야. 리듬! 노래할 때만 리듬이 필요한 것이 아니다. 때를 밀 때도 리듬을 타는 것이 중요하다. 리드미컬하게."

'목욕관리사'로 근무할 때 선배로부터 전수받은 주옥같은 비법이었다. 포인트는 손님의 몸과 하나가 되어 부드럽게 강약을 조절해가며 리듬을 타는 것. 쿵짝 쿵짜짜짝짝. 처음 손님 때를 밀고 나서는 목욕탕 천장이 노랗게 보였다. 리듬을 못 타고 힘으로 밀어붙였기 때문이었다. 리듬은 저절로 익혀지는 게 아니었다. 부단한 연습으로 터득해야만 했다. 쿵짝 쿵짝. 밀가루 반죽 밀듯 리듬을 타고 '때장면'을 메밀국수처럼 쭉 길게 뽑아내야만 비로소 리듬 좀 탄다고 할 수 있었다. 하지만 리듬을 타게 된다고 해도 연달아 때를 밀고 나면 녹초가 되었다. 밀다 밀다 열댓 명쯤 밀고 나면 사람 몸이 사람으로 보이지 않고 털 뽑힌 짐승같이 보였다.

그때의 트라우마로 변삼용은 드래곤엔터테인먼트가 잘나가던 시절에도 목욕 관리사에게 몸을 맡겨본 적이 없었다. 트로트 가수의 고생담 같은 과거가 머릿속을 스치고 지나가자 변삼용의 눈가가 촉촉해졌다.

한바탕 때를 벗기고 둘은 다시 탕 안으로 들어갔다.

"어, 시원……, 앗, 뜨, 뜨, 뜨……. 뜨거워!"

"밸로 뜨겁지도 않구만 호들갑스럽게. 어른이 챙피허지도 않어?"

"야, 뜨거운 건 뜨거운 거지. 어른이라고 안 뜨거운 줄 아냐? 이제 해봐라. '아~', 이렇게 소리만 내봐. 할아버지들 하는 것처럼."

"참말 남세스럽게."

노래도 한번 해보라는 말에 원구가 눈을 부라리자 변삼용은 혀를 차며 단념했다.

"그러니까 이게 공명이라는 거다. '옹~' 하고 울리는 소리 말이다. 엄청 노래 잘 부르는 것처럼 들리지? 목욕탕이나 노래방에서는 에코가 먹어주거든. 네가 연습을 해서 자연스럽게 목욕탕 소리가 나오면 제대로인 거야. 유명한 연주가들이 왜 천만 원도 넘는 비싼 악기를 쓰는 줄 아냐?"

"폼 잴라고?"

"그래! 네가 모를 줄 알았다! 진정한 명인은 말이다, 악기를 가리지 않는 법이지만 좋은 악기가 좀 더 좋은 소리를 내는 데 도움이 되는 건 확실하거든. 네 몸을 악기라고 생각해봐. 네 몸을 천만 원짜리 악기 상태로 만들어야 좋은 소리가 나온다는 거지. 지금 냈던 소리를 잊지 말고 늘 이렇게 나올 수 있는 상태로 만들어야 해."

"어. 근디 그거 책에서 본 거지?"

"티…… 났냐?"

"어, 엄청 어색허구만. 차라리 그냥 읽어."

"그, 그럴까?"

"할 말 다 했제? 인자 실실 찜질방으로 가면 쓰겄는디."

찜질방에 자리를 잡고 맥반석 달걀 한 판과 식혜 두 그릇을 먹고 나자 잠이 강타해왔다. 원구와 변삼용은 동굴 속의 곰 부자처럼 사이좋게 잠이 들었다.

· · ·

알람시계가 요란하게 울렸다. 원구가 손을 더듬어 알람 소리를 죽였다. 변삼용은 세상을 떠나보낼 작정으로 코를 골고 있었다.

"알람은 맞춰놓는 사람 따로 있고, 끄는 놈 따로 있당가?"

원구는 어제 아침의 복수로 변삼용의 궁둥이 가운데에 정확히 발을 꽂았다.

"으으으……. 우어어어어~."

변삼용이 신음소리를 내며 눈을 떴다.

"맥반석 달걀 참 맛 좋더만. 오늘은 특훈 안 혀? 찜질방 안 가?"

변삼용은 멍한 얼굴로 뒤통수를 벅벅 긁었다.

"찜질방을 만날 가냐. 피부에 안 좋아. 오늘은 복습."

아침을 먹자마자 변삼용은 녹음기를 꺼냈다.

"자, 특훈도 했으니 얼마나 향상되었나 보자. 〈사랑의 반창고〉 한번 불러봐라."

"아, 아, 마이크 시험 중, 마이크 시험 중."

원구가 마이크를 들고 비장한 얼굴로 평상 위에 우뚝 섰다.

"사랑의 아~픔은 던져버리고, 짜라라짜짜짜. 내게 남은 건 카드 고지서, 짜라라짜짜짜. 백만년 맹세하~안 사랑의 약속, 짜라라짜짜짜. 백만년 고지서로 돌아오누나~, 짜라라짜짜짜. 붙여라 사랑의 바~안창고, 짜라라짜짜짜……."

뜨거운 햇볕이 내리쬐는 옥상에 트로트가 울려퍼졌다. 플레이

버튼을 누르는 변삼용의 손이 미세하게 떨렸다. 녹음기로 노래를 확인하고 난 두 사람은 한동안 말이 없었다. 저 아래서 고양이 소리가 희미하게 들려왔다.

"감동했구만."

"어디가 감동이냐?"

"얼굴이 딱 감동인디, 뭘."

"이상하다. 참 이상해. 딱히 못 부른 건 아닌데 이거다 싶지가 않다. 오히려 이건 아니라는 느낌이 강하게 오는데. 이런 걸 전문용어로 그러니까 '필이 안 온다'라고 하지."

"필?"

"감정이 안 산다 이거지. 박자 맞고 가사 맞고 음정 맞는다고 노래가 아니지. 뭐랄까, 보이스 컬러도 없고. 아니, 아줌마 목소리 같기도 하고. 솔직히 말해라. 이번에는 누구 모창이냐?"

"거북이 횟집 아줌마?"

"그게 누군데?"

"저짝 섬에서 횟집 하는 아줌마가 노래를 참 잘했어. 고기 배 따믄서 노래를 막 불러제끼는디 얼마나 구성진지 몰러."

"참 무섭게 카피하는구나. 너의 능력은 도대체 어디까진 거냐?"

"워째 칭찬같이 들리지는 않구만."

판단 미스. 들어본 적 없는 노래도 다른 사람의 목소리로 부르다니. 변삼용은 한숨을 푹 내쉬었다.

"거북이 횟집 아줌마는 잊어라. 이따 다시 녹음해볼 테니까 계속 연습하고 있어."

변삼용은 트레이닝복 엉덩이를 벅벅 긁으며 안으로 들어갔다.

해를 등진 그림자 하나만 오도카니 남았다. 뭘 어쩌란 말인가. 부르는 족족 아니라니……. 원구는 컨테이너박스를 노려보았다.

그때 컨테이너박스 창이 벌컥 열리더니 불타는 머리가 삐쭉 나타났다.

"야! 너 연습 안 해!"

새우눈을 부라리는 변삼용을 째려보다 원구는 입을 열었다.

"사랑의 상처는 던져버리고."

창문이 '탁' 소리 나게 닫혔다.

"사랑의 사~앙처는 던져버리고. 사랑의 상처는 더~언져버리고……. 에잇!"

원구는 옥상 구석에 놓인 봉투를 걷어찼다. '깡!' 분리수거하려고 모아둔 맥주병이 요란한 소리를 내며 쓰러져 사방으로 굴렀다.

"이게 뭔 소리여?"

옥상 계단에 불쑥 튀어나온 심술궂은 얼굴. 아래층 송충이, 아니 주인 영감. 참, 절묘하기 그지없는 타이밍. 원구는 혹시 노인네가 어딘가 24시간 감시카메라라도 설치해놓은 게 아닌가 싶었다.

"시끄러워서 살 수가 있나. 뭐 하는 거냐, 지금?"

원구는 엉거주춤, 고개를 까닥했다.

"사방이 쓰레기 천지구먼. 다 같이 사는 집에서 이래도 돼?"

원구는 맥주병을 주섬주섬 주워모았다.

"한동안 조용하다 싶었는데, 아침 댓바람부터 노래를 불러젖히고 뭐 하는 거야? 아주 시끄러워서 살 수가 있어야지."

노인의 잔소리는 끝이 없었다.

"너는 학교도 안 가? 학생이 공부를 해야지, 만날 헛짓만 하고. 커서 뭐가 되려고 그러는지."

노인네는 사방을 괜스레 두리번거리며 도무지 갈 기미가 없다.

"고양이 못 봤어?"

"못 봤구만요."

"멸치 같은 거 주지 마."

집에는 고양이는커녕 사람 먹을 멸치 한 마리 없었다.

"그게 무슨 노래냐?"

"네?"

"너, 불러젖히던 거. 한번 해봐라."

노인은 아예 평상에 엉덩이를 붙이고 앉았다. 들려주지 않으면 절대로 일어나지 않을 듯한 태세다. 할 수 없이 원구는 노래를 부르기 시작했다.

"짜라라짜짜짜. 붙여라 사랑의 바~안창고, 짜라라짜짜짜……."

노래가 끝났다. 노인네가 혹시 노래가 끝난 걸 모르나 싶어 원구는 공손하게 고개 숙여 인사까지 했다. 물론, 짝짝짝 박수소리는 나오지 않았다.

"참, 그것도 노래라고."

"솔직헌 말로 나도 밸로구만요."

"쯧쯧. 너 그 노래 뜻이 뭔 줄이나 알고 부르는 거냐?"

사랑의 상처, 고지서 작렬, 상처엔 반창고. 뭐 달리 뜻이 있나? 원구의 머리 위에 물음표가 떠올랐다.

"무슨 뜻인지도 모르고 노래를 해? 노래가 뭔 말인 줄은 알고 불러야지. 그게 실연당하고 아, 마음이 아프구나 하면서 부르는 노래 아니냐? 그러니까 절절해야지. 그런데 짜라라짜짜만 하고 있으니. 너 이미자의 〈동백 아가씨〉 알아?"

"모르는구만요."

"헤~일 수 어어~없이 수많은 바~암을 내 가슴 도려내는 아픔에 겨워 얼마나 울었던가, 도~옹백 아가~아씨."

진짜 부른다. 눈까지 지그시 감고.

"얼마나 슬프냐. 가슴을 도려내듯, 이렇게 구슬프게 불러줘야지. 한번 따라 불러봐라. 그래, 그렇게. 아니, 그 부분은 더 절절하게 늘여 빼줘야지. 그렇지, 그렇게."

원구는 노인 지시대로 〈동백 아가씨〉를 거푸 세 번이나 불렀다.

"이제 조금 들을 만하구만. 노래가 냅다 쳐부른다고 노래냐? 마음을 딱 담아 불러야지. 슬프면 슬프게, 좋아 죽겠으면 아주 신바람 나게. 어디, 그럼 신나는 노래도 한번 불러볼까? 뭐가 좋을라나. 그렇지! 신바람 나기로는 남진이 최고지. 〈그대여 변치 마오〉. 이게 일천구백칠십삼년인가 나온 노랜데, 아주 굉장했지. 그전에 나온 〈님과 함께〉도 괜찮았는데 난 그거보다는 〈그대여 변치 마오〉가 좋더구먼."

생쥐 만난 고양이마냥 신나서 떠들더니 노인은 목청을 가다듬으며 벌떡 일어났다.

"오~, 그대여 변치 마오. 오~, 그대여 변치 마오. 불타는 이 마음을 믿어주세요. 말 못하는 이 마음을 믿어주세요. 그 누가 이 세상을 다 준다 해도 당신이 없으면 나는 나는 못 살아~."

표정은 애절한데 다리는 경망스럽기 그지없다.

"자, 이제 네가 해봐라."

원구는 얼떨결에 노인이 시키는 대로 노래를 부르기 시작했다.

"오~. 그대여 변치 마오~."

"아니, 아니! '오~' 할 때는 확 끌어당기듯이. '변치 마오' 할 때는 강하게 손가락질을 하며, 이렇게, 이렇게. 절대 변하면 안 된다고 눈도 부라리고. 남진 그놈이 원래 눈이 부리부리해. 그 눈을 딱 부릅뜨고 좌중을 한번 훑으면 그냥 자지러지는 거야. 그리고 이 노래가 젤로 신나는 부분이 바로 여긴데. '나는 못 살아' 하면서 양다리를 부르르 떨면서 진짜 못살 것 같이 발버둥을 치라고. 엉덩이는 맷돌 돌리듯 빙빙 돌리다 앞뒤로 튕겨주고. 아주 강하게 튕겨, 튕겨."

"요로코롬?"

"아니, 좀 더 세게 튕겨보라고. 리듬을 타면서! 자, 이제 첨부터 한번 불러봐라."

손가락으로 찌르기, 엉덩이로 맷돌 돌리기, 앞뒤로 엉덩이 튕겨 튕겨까지 끝나고 나자 노인네의 입꼬리가 살짝 올라갔다.

"이제 꼴은 좀 갖췄구먼. 너, 이 노래가 무슨 뜻인 것 같으냐?"

"마음이 불탈 정도니께 솔찮이 사랑하는 마음이겄죠."

"그렇지! 옛날에는 말이다. 상당히 사랑하는 마음이 있어도 말로 꺼내는 것이 참 힘들었단 말이지. 내가 말로 표현은 안 해도 혹 내 사랑을 추호도 의심 마라. 나는 당신 없으면 살 수 없을 정도로 사랑한다. 그런 아주 사랑에 홀랑 빠진 남자의 마음인 게지. 너, 사랑이 뭔지 아냐?"

공허한 눈의 원구.

"쯧쯧, 요즘 것들은 아무 데서나 부둥켜안고 입이나 쪽쪽 맞출 줄 알았지, 사랑이 뭔지 알아야 말이지. 그러니 나오는 노래나 노래 부르는 놈들이나 그 모양이지. 너 좋아하는 게 뭐냐?"

"글씨요……. 광어, 도다리, 도미, 숭어, 전어……. 아, 요즘에는 만수가 끓여준 라면이 참 맛 좋더만요."

"쯧쯧, 고작 좋아하는 게 죄다 먹을 거냐. 하긴 어린놈이 사랑을 벌써 알아도 탈이지. 그럼, 네가 좋아하는 것을 생각하면서 노래해 봐라. 노래에 간절히 좋아하는 마음을 담아서 불러봐라."

팔딱거리는 생선과 라면을 열렬히 사랑하는 마음을 담아 원구는 다시 노래를 시작했다. 하지만 두 소절을 끝내기도 전에 "아니, 아니!"라는 불호령이 내려졌다.

"그새 춤은 다 잊어버렸냐? 그게 머리로 노래를 하려니까 그런 거지. 네가 진짜로 감정을 실어 노래를 부르면 춤도 저절로 따라 나오게 되어 있어. 네 친구 순댄지, 걔가 추는 건 춤이 아니야. 그렇게 생짜로 추는 게 춤이냐? 노래나 춤이나 마음이 움직여야 나오는 것이지."

다시 손가락질, 다리 털고, 엉덩이 튕기기를 다섯 번이나 한 끝에 노인네의 입꼬리가 아까보다 1센티미터 정도 더 올라갔다.

"조금 나아졌구먼. 그래도 아~직 멀었다. 너, 남진이가 왜 그렇게 인기 있었는 줄 아냐?"

남진이 누구인지도 모르는데 인기의 이유까지 알 리 없다. 멍한 원구 얼굴을 보고 그럴 줄 알았다는 듯 노인이 침을 엄청 튀기며 말했다.

"남진이가 첨 나왔을 때 아주 괴상하게 노래를 불렀다 이거야. 트로트인 데도 트로트가 아닌 것처럼 아주 독특했지. 그게 처음에는 이상했는데 듣다보니 아주 좋아. 참 재미나고 신이 나. 뭐라 그러냐, 그게. 그렇지, 아주 획기적이었지. 노래를 잘 부르고 못 부르고를 떠나서 아주 저한테 딱 맞게 부른 것이지. 남 따라서 불렀으면 절대 그렇게 히트 못했지, 암."

'히트' 부분에서 무지막지한 침이 원구 얼굴을 강타했다. 원구가 손등으로 얼굴을 닦는 걸 보고 노인은 만족스러운 표정을 지었다.

"가수란 모름지기 그렇게 노래로 사람을 울리고 웃기고 그래야 가수지. 네가 아주 음치는 아닌데 말이다, 그냥 막 불러젖히는 것은 개 짖는 소리나 매한가지지. 아니, 개 짖는 소리는 싫고 좋고나 있지. 네 노래는 아주 기계에서 나는 소리같이 아무 감정이 없어. 그렇게 부를 거면 그만 부르는 게 낫겠다."

원구는 노인의 비수 같은 지적에 깜짝 놀라고 말았다.

"그, 그럼 어떻게 해야 하는 거여요?"

"아, 이제꺼정 말했는데 그걸 몰라? 이놈의 고양이, 또 어디서 요망스럽게 운다냐?"

노인은 표표히 옥상을 떠났다.

• • •

 햇살이 자취도 없이 사라지고 어둠이 고양이처럼 옥상 위로 슬금슬금 기어들고 있었다. 평상 위에 대자로 누워 잠든 원구를 변삼용이 흔들어 깨웠다. 머리에 까치집을 이고 있는 걸 보니 변삼용도 자다 일어난 모양이었다.
 밥 먹으러 가자던 변삼용은 산동네 아래 상가에 도착해서는 두리번거리다 가게 하나로 쓱 들어갔다. 커다란 매장에 운동화와 셔츠가 잔뜩 진열되어 있었다. 변삼용은 셔츠 몇 벌을 골라 들고 원구의 몸에 대보았다.
 "옷발이 후지니까 아주 옷이 확 죽는다, 죽어."
 "흥." 원구가 콧방귀를 뀌었다. "얼척 없구만."
 "이거 좋다. 컬러가 화려한 것이 옷에만 시선이 확 꽂히는 게 아주 좋다."
 변삼용이 고른 것은 형광 오렌지색 셔츠였다.
 "눈은 폼으로 달렸당가?"
 원구는 셔츠에 달린 가격표를 보고 깜짝 놀랐다.
 "아무 말 말고 사. 바지도 하나 사고, 운동화도 사자."
 "뭣 땜시? 시방 내가 입고 있는 것은 옷이 아니고 걸렌가?"
 "로고 큰 걸로 골라라. 역시 옷의 생명은 로고지."

생명력이 용트림하는 티셔츠와 청바지에 운동화까지 사들고 옷가게에서 나왔다. 삼겹살을 포식하고 집으로 돌아온 원구는 변삼용의 성화에 새 옷으로 갈아입고 운동화까지 신고 방 안을 몇 번이나 워킹했다. 변삼용이 헤벌쭉 웃으며 "역시 옷이 날개긴 날개구나. 아주 몰라보겠다, 야."라며 몇 번이나 자신의 센스에 감탄했다. 원구는 자신의 모습이 어쩐지 낯설었다.

"고, 고맙구만."

난생처음 연애편지 받은 듯 쑥스럽게 말하는 원구. 남한테 선물을 받은 것은 처음이었다.

"고맙긴. 다 투자지, 투자. 내일 어디 좀 가자."

"뭔 속셈이여?"

"이 자식이, 속셈이라니! 우하하하, 오디션이다. 가서 본때를 보여주자."

"오디션? 그건 아즉 한참 시간 남았는디?"

"아니, 슈퍼스타 프로젝트 오디션 말고 내가 전에 모시던 사장님이 널 꼭 보자 하네~?"

변삼용은 거의 매일같이 사장을 만나러 갔다. 전화할 때마다 부재중인 사장을 만나는 방법은 직접 가서 기다리는 것뿐이었다. 아침 일찍 회사 앞에서 사장이 출근하기를 기다렸다. 번쩍거리는 승용차를 발견하고 날쌔게 달려간 변삼용에게 사장은 "언제 술 한잔

하지."라는 말을 하는 둥 마는 둥하고는 바쁘게 사라졌다. '언제 술 한잔'이라는 건 절대 술 한잔하자는 말이 아니라는 것쯤은 알고 있었다.

술은커녕 잠시 이야기할 시간조차 주지 않는 사장을 매일 기다리고, 눈 맞추고 인사하기를 반복하자 사장은 손을 들었다. 그렇게 어렵사리 원구 이야기를 꺼내고 얼굴이나 한번 보자고 한 것이 바로 내일이었다. 정말 그냥 얼굴이나 보이고 돌아와야 할지도 모른다. 하지만, 그래도, 어쩌면, 혹시……

혹 사장의 마음에 들어 연습생으로 받아준다면 원구에게는 그 편이 좋다. 허구한 날 이 옥상 위에서 시간만 죽이고 있는 것보다 그 편이 백만 배는 낫다, 아무렴. 뽑히기만 한다면 체계적으로 트레이닝도 받고, 유명 작곡가에게 곡도 받고, 데뷔도 한결 수월하게 할 수 있을 것이다. 아무래도 자본이 있는 큰 회사니까. 이 세계에서 중요한 건 자본이니까.

지금 원구는 우둘투둘한 돌덩이일 뿐이다. 겨우 땅속에서 캐냈지만 더 중요한 것은 어떻게 가공하는가 하는 거다. 돌멩이로 남느냐 보석으로 탈바꿈하느냐를 결정하는 데 돈과 힘을 가진 세공사가 필요하다. 아쉽지만 아직은 그 돈과 힘이 내게 없다. 어린애처럼 욕심내 쥐고만 있으면 원구는 언제까지나 돌멩이로 남게 될 것이다. 변삼용은 결연한 표정으로 말했다.

"노래를 몇 곡 불러야 할 거야."

원구의 뚱한 얼굴에 물음표가 떠올랐다.

"아무래도 가창력이 돋보이는 노래로 부르는 게 좋겠지."

"그것이 뭔디?"

"넌 어차피 팝송 부를 테니까. 휘트니 휴스턴이나 머라이어 캐리, 비욘세, 웨스트라이프……, 이런 가수 노래가 오디션 단골 메뉴긴 한데 너무 많이 부르는 건 피하는 게 좋지. 그런데 네가 준비한 곡 말고 다른 것 불러보라고 할 수도 있거든. 그냥 그런 것 신경 쓰지 말고 너 제일 잘 부르는 곡으로 불러. 사장님이 한방에 뿅 가서 당장 계약하자고 애걸복걸하게 만들어봐."

"뭣 헐라고? 나는 아재가 가수 시켜줄 건디 왜 거기 가서 계약을 혀?"

변삼용은 원구의 눈을 피하며 담배를 찾아 물었다.

"너, 가수 되는 데 제일 중요하는 게 뭔지 아냐?"

"뭔디?"

"재능과 노력? 재능이고 노력이고 아무리 용써봐도 당해내지 못하는 게 있다. 그건 바로 기회야. 기회를 잡지 못하는 놈은 아무리 재능이 뛰어나도, 죽도록 노력해도 절대 안 돼. 너, 그런 말 모르냐? 돈과 기회는 많으면 많을수록 좋다. 뭐든 기회가 오면 잡는 거야. 너, 나를 따라온 것도 기회를 잡으려고 했던 것 아니냐?"

"꼭 그런 건 아니제."

"그게 아니면 뭐? 한눈에 나한테 반했냐? 그래서 생전 처음 본 나를 따라온 거야? 나나 사장이나 모르는 사람이기는 마찬가지야. 네가 믿을 놈은 너뿐이야. 네가 재능이 있다고 믿으면 그 재능을 키워줄 기회를 잡아야지."

원구가 말없이 변삼용을 빤히 쳐다보았다. 변삼용도 지지 않고 원구의 시선에 맞섰다. 오랜 눈싸움 끝에 원구가 입을 열었다.

"이거 계약 위반 아닌가? 아재가 나 가수 만들어준다고 했잖어."

"야, 우리가 언제 계약서라도 썼냐?"

"믿고 따르라고 한 것 같은디?"

역시 '믿고 따르란' 소리는 하지 말걸 그랬다고 변삼용은 후회했다.

"그래그래. 너, 내가 오리발 내밀 사람으로 보이냐? 아니지, 당연히 아니지. 언제 내가 너 가수 안 만들어준다 했냐? 초고속도로, 인기 가수 되는 초고속도로를 찾은 거라니까."

"사람이 그라믄 안 되제."

"뭐가 안 돼?"

"자기가 싸질른 똥은 자기가 치워야제. 그렇다고 내가 똥이란 말은 결코 아녀. 책임감 몰러?"

어, 어쩐지 슬슬 말려드는 기분. 변삼용은 혀를 끌끌 찼다. 허, 이 녀석 귓구멍을 틀어막았는지 도통 말이 안 통하네. 그런데 이거, 좀 감동스러운 장면 아닌가?

아들아, 외제차 끌고 다니는 옆집 아저씨 알지? 실은 그 아저씨가 여차저차해서 네 친아**빠**란다. 자세한 건 엄마한테 물어보고 아무튼, 이제 네 생부를 찾아가거라. 지금껏 키우느라 내 가랑이가 찢어지는 줄 알았다. 앞으로 너 대학도 보내야 하고 큰돈 들어갈 일이 창창하니 솔직히, 나 힘들다.

아니에요, 아빠. 아니, 아저씨. 저를 키워준 건 8할이 아저씨셨잖아요. 2할은 제가 알아서 큰 거죠, 뭐. 비록 찢어지게 가난하고 변변찮고 구질구질하게 막장인생 사는 아저씨라도 저는 아저씨를 떠나지 않을래요. 낳은 정보다 키운 정이라잖아요.

뭐 이런, 드라마에서나 나오는 훈훈한 얘기. 저놈이 텔레비전도 안 보는데 드라마 코드를 정확히 알고 있어. 이쯤에서 서로 부둥켜안고 감동의 눈물이라도 펑펑 흘리면 딱 드라마의 한 장면이 되겠지만……, 드라마 같은 소리 하고 있네.

섬에서 너를 발견했을 때 모세가 홍해를 가르는 듯한 기적이라고 생각했지. 실제로 바다가 갈라진 걸 보고 내가 좀 흥분했는지도 모르겠다, 이제 와 생각하니. 아무튼 너는 내게 주어진 기회일지도 모른다고 생각했지. 너를 발판 삼아 일어설 수 있을까, 그런 욕심, 솔직히 가졌었다.

그런데 정신 차리고 보니 터무니없는 일이야. 밤낮 졸졸 따라다니는 사람들 뒤돌아보며 모세도 그랬을 거야. 에이씨, 홍해를 괜히 갈랐어, 괜히. 너는 솔직히 그냥 썩기는 아까워. 잘 갈고 닦으면 날아오를 수 있는 놈이야. 네 기회를 내가 가로채는 건지도 몰라. 그러니 너를 위해 보내는 거야. 아니, 솔직히 말하면 나, 자꾸 자신이 없어질라 그런다.

"야, 넌 왜 그렇게 머리가 안 돌아가냐? 일단 너, 가수 돼서 떠. 완전 뜬 다음에 독립해. 그리고 드래곤엔터테인먼트 변삼용 사장 밑으로 들어와. 싸움에는 정면 공격만 있는 게 아니라 우회 공격이란 것도 있다는 걸 알아야지. 쉬운 길 있으면 쉽게 가자고, 우리."

"완전 떴는디 뭣 헐라고 아재 밑으로 들어간당가?"

"그건 그렇지. 너, 보기보다 센스……. 아니, 이런 의리도 피도 눈물도 없는 자식."

"누가 헐 소리. 좌우당간 나는 그런 오디션은 안 볼라네."

원구는 티셔츠를 훌훌 벗어던졌다.

"허, 참. 그럼 테스트나 한번 받아보자. 너 나 말고 다른 사람 앞에서 노래해본 적 없잖냐. 테스트라고 생각하고 해보는 거야. 슈퍼스타 프로젝트 오디션 전에 전문가 앞에서 노래 불러보는 게 좋은 경험이 될 거야. 가수는 내가 만들어줄 테니까 경험 삼아 오디션 한번 보라고."

"참말이제? 그라믄 약속허고 도장 찍더라고."

두 사람은 손가락 꽁꽁 걸고 도장 찍고 복사했다. 변삼용의 얼굴에 웃음이 배시시 흘러나왔다. 원구, 이 녀석. 좋아서 냉큼 간다고 할 줄 알았는데 보기보다 의리가 있다. 그래그래, 내가 사람 보는 눈이 있어. 이 녀석, 싹수가 있는 거야. 이 바닥에 있으면서 얼마나 많은 배신을 목격하고 당했던가. 뜨기만 하면 바로 뒤통수를 후려치고 등 뒤에서 비수를 깊숙이 꽂는 게 다반사 아니었던가. 물론 원구가 세상 물정 모르긴 하지만 지금 저 자세는 바로 '믿고 따라오겠다' 는 거, 그거 아니야?

"어디 아픈가?"

좋아서 떼굴떼굴 구르고 있는 변삼용에게 원구가 물었다. 변삼용이 정색을 하고 근엄하게 말했다.

"너무 긴장하지 말고 평소 실력대로 하는 거다. 알겠지?"

"특훈이다 뭐다 난리 친 사람이 누군디."

"야, 그래서 뭐 부를래? 한번 불러봐라."

"됐구만."

원구가 슬그머니 밖으로 나갔다. 잠시 후 노랫소리가 들려왔다. 변삼용이 원구의 섬에 도착한 첫날처럼 노래는 끊임없이 이어졌다. 변삼용은 바람이 불어드는 작은 창에 귀를 기울이다 잠이 들었다.

· · ·

"여그여? 아따, 여그다 대니께 드래곤엔터테인먼트는 구멍가게구만."

BJ엔터테인먼트 건물을 올려다보며 원구가 입을 딱 벌렸다. 틀린 이야기는 아니지만 그렇게 꼭 짚어주니 기분이 참 상쾌하다,고 변삼용은 생각했다. 강남 노른자 땅, 번화한 대로변에 8층짜리 건물을 통째로 쓰고 있는 BJ엔터테인먼트는 우선 규모부터 어마어마하다. 우리나라 3대 기획사 중 하나. 변삼용은 건물을 올려다보느라 뻐근해진 뒷목을 쓰다듬었다. 잠이 부족해서 눈도 뻑뻑했다. 밤새 옥상에서 들려오던 노랫소리에 까무룩 잠이 들었는데, 눈을 뜨니 여전히 노래가 들려왔다. 싱크대에는 깨진 달걀 껍데기가 한 판. 원구에게서 은근히 닭똥 냄새가 났다.

원구가 날래게 건물 안으로 달려 들어가더니 금세 밖으로 나왔다. 너 지금 뭐 하는 거냐? 원구는 또다시 재빠르게 들어갔다가 나왔다. 회전문을 따라 빙글빙글 돌면서 '아하하' 웃고 있었다.

사장실 문을 열자 어마어마하게 넓은 방이 나타났다. 원구는 사방을 두리번거렸다. 옥상의 두 배, 아니 세 배는 될 것 같은 크기. 파리가 앉았다 자빠질 것 같이 반질반질한 대리석 바닥. 벽에 걸린 대형 모니터에는 뮤직비디오가 소리 없이 흐르고 있다. 사무실 끝,

엄청나게 큰 책상 뒤로 가죽의자가 등을 보이고 있었다. 원구가 책상 위에 놓인 크리스털 명패에 적힌 글씨를 읽으려는 찰나. 회전의자가 빙글 돌았다. 변삼용이 모시던 전 사장님, '믿고 따라오면 언젠가 쨍할 날'의 교주, 한국 가요계를 한손에 쥐락펴락하는 BJ엔터테인먼트 사장이 드디어 모습을 드러냈다.

'BJ엔터테인먼트 대표 김봉자'. 명패 뒤로 나타난 얼굴. 원구의 눈이 휘둥그레졌다. 엄청나게 부풀린 파마머리와 진한 갈매기눈썹. 어디선가 본 듯한 얼굴에 기억을 더듬다 원구는 '거북이횟집' 아줌마를 떠올렸다. 김봉자 사장의 통화는 끊이지 않고 계속되었다. 이윽고.

"어머~, 변사장. 우리가 약속한 게 오늘인가? 내가 정신이 없어서 깜빡했네. 호호호."

변삼용의 인사를 받는 둥 마는 둥하더니 김봉자 사장은 또다시 휴대폰을 귀에 댔다. 원구와 변삼용은 김봉자 사장만 멀뚱히 쳐다보았다. 휴대폰을 귀에서 떼더니 김봉자 사장이 말했다.

"어쩌지, 변사장. 갑자기 중요한 미팅이 잡혀버렸네. 여기 우리 부실장 따라가. 부실장이 알아서 잘해줄 거야. 부실장이 캐스팅이랑 매니징 담당이니까 전문가지. 내가 봐서 뭐 아나? 나는 돈이나 벌 줄 알지. 오호호호. 여보세요. 아, 국장님~."

거대한 의자가 빙글 돌아 다시 뒷모습을 보였다. 양복 입은 남자의 뒤를 따라 사장실 문을 나왔다. 변삼용은 어쩐지 씁쓸한 기분이 되었다. 사장님이 원구를…… 보기나 봤나?

앞서 걷던 남자가 휙 돌아서더니 대뜸 변삼용에게 명함을 내밀었다.

"부영태, BJ엔터테인먼트 실장? 아하하, 반갑네. 사장님한테 이야기 들었겠지만 애가 물건이야, 물건. 한번 보면 깜짝 놀랄걸세. 얘를 사장님이 직접 보셔야 하는데. 뭐, 자네라도 일단 보라고."

고급 양복을 입고 아니꼬운 은테 안경을 쓴 남자는 30대 초반 정도였다. 부실장은 안경테를 살짝 들어올리면서 입을 씰룩거렸다.

"전혀……, 들은 바 없습니다."

"어, 그래? 사장님이 너무 바쁘셔서 깜빡했나? 그럼, 자네가 잘 보고 말씀 드리라고. 굉장한 녀석이라고. 아하하."

"불쑥불쑥 찾아오는 애들이 꽤 있지만 정규 오디션에 응모하라고 하고 다 돌려보내죠. 여기가 학생 유치에 환장한 지방 잡대도 아니고 말이죠. 주제도 모르고 달려드니 참 번거로워요. 하지만 이왕 여기까지 오셨으니 어쩌겠어요. 자, 이쪽으로 오시죠."

표정 없이 건조한 음성으로 떠들더니 남자는 몸을 휙 돌려 앞장서 걸어갔다. 변삼용은 부실장의 뒤통수를 노려보며 꽉 쥔 주먹을 부르르 떨었다.

8이라는 숫자에 빨갛게 불이 들어오자 엘리베이터가 스르르 열렸다. 문이 열리자마자 총알처럼 튀어나온 사람이 부실장의 가슴에 그대로 부딪쳤다.

"죄~쏭합니닷!"

꾸벅 숙인 고개를 쳐든 얼굴은 바로.

"어, 만수 아녀!"

만수는 두 팔을 격하게 흔들며 반가움을 표시했다. 처음 보는 교복 차림.

"너, 여기는……, 어떻게……?"

변삼용이 놀라서 물었다.

"사장님은 참, 약도라도 좀 보내주시지. 한참 헤맸잖아요. 늦어서 죄송해요."

아니, 죄송한 게 그게 아니지. 변삼용은 혀를 끌끌 차며 원구를 째려봤다. 당당한 얼굴의 원구.

"너, 학교 안 갔냐?"

"에이~, 사장님이 미리 조퇴서 하나 써주셨으면 좋았을걸. 조퇴 안 시켜준다고 해서 급식만 먹고 그대로 가방 놓고 튀었어요."

"어, 밥은 묵고 왔구만. 잘혔어. 참말로 똘똘허다, 야."

만수는 의기양양하게 브이(V) 자를 그려 보였다.

살짝 인상을 쓰고 있는 부실장에게 "어, 얘도 내가 데리고 있는데 꽤 물건이야. 춤을 기차게 춘다고."라고 변삼용은 말했다.

"둘입니까? 하나나 둘이나 뭐, 어쨌든 괜찮습니다. 귀찮기는 마찬가지니까요."

또다시 변삼용의 주먹이 부르르 떨렸다.

내려갔던 엘리베이터가 다시 도착하기를 기다리며 만수가 원구 귀에 대고 소곤거렸다.

"야, 저 싸가지는 누구냐?"

"어, 부실장 아재. 근본이 나쁜 사람은 아닌 것 같은디 주구장창 싸가지 없는 소리만 혀쌓네."

"야, 다 들려."

부실장이 뒤돌아 노려보며 말했다.

"우헤헤헤, 들으셨어요? 원래 충신들이 싸가지 없는 말 하다가 귀양 가고 그러잖아요. 듣기 좋은 말만 하면 그건 간신인 거잖아요."

만수가 당장이라도 나라 팔아먹을 간신처럼 '우헤헤' 웃어 대더니 원구에게 주먹을 들이댔다.

"야, 너 전화를 빨리 해야지. 옷 갈아입을 틈도 없이 왔잖아. 폼 빠지게 이게 뭐냐?"

"교복이 깔끔허니 좋구만."

만수가 원구에게 헤드록을 거는 것을 부실장은 흥미롭게 구경하고 있었다. 얘들은 어느 동물원에서 탈출한 거야? 딱, 그런 표정.

"자, 자, 쓸데없이 시간 낭비하지 말고 빨리 오디션이나 보자고. 어디로 가는 거야?"

변삼용이 호기롭게 외쳤다.

. . .

문을 열자 사람들 시선이 모두 한데로 쏠려 있었다. 다행히 시선이 모인 곳은 오디션장 한가운데.

"저것이 뭣이여? 영화 찍는당가?"

"꺄오~. 진짜? 누구냐, 누구?"

만수가 원구의 머리통을 휙 밀치며 고개를 들이댔다.

조명이 환히 밝혀지고 이엔지(ENG) 카메라를 든 사람을 비롯해 여남은 명이 모여 있는 오디션장 한가운데에는 자체 발광하는 소년이 서 있었다.

"저 자식, 성우주 아냐?"

성우주. 한때 유명 가수였던 아버지와 미모의 영화배우인 어머니, 현재 인기 탤런트인 누나를 둔 명실상부한 연예인 집안의 외동아들. 뛰어난 외모에 명문대 입학이 결정된 수재로, 연예계의 엄친아로 유명했다. 태어날 때부터 스포트라이트를 받았던 성우주는 아직 본격적인 연예 활동을 하지 않고 있는데도 이미 공식 팬카페까지 만들어졌고 그를 '프린스'라 부르는 팬카페 회원이 십만 명에 달할 정도로 정상급 스타 못지않은 인기를 누리고 있다.

이상이 만수가 원구에게 들려준 성우주의 프로필이었다.

"아, 네. 여기는 성우주가 정식 데뷔를 앞두고 연습하고 있는 BJ엔터테인먼트입니다. 우리나라 최고 가수로 떠오를 반짝반짝 빛나는 별, 성우주를 만나보시죠."

여자 하나가 마이크를 들고 떠들어 대고 있었다.

"아, 재수 없어. 실력도 없는 주제에 부모 백으로 탤런트하고 가수하고. 저런 자식까지 가수한다고 하니까 우리나라 가요계에 발전이 없는 거야."

"너, 혹시 부럽냐?"

원구가 묻자 만수가 인상을 팍 썼다.

"야, 너 내 인생신조 모르냐? 부럽긴 뭐가 부럽냐? 저 기집애같이 생긴 녀석, 내 친구들은 다 싫어해. 우리나라 남자 중학생들은 아마 다 싫어할 거야. 아니, 남자 고등학생도 다 싫어할 거야."

"야, 다 들려."

부실장이 뒤돌아 노려보는 통에 만수는 입을 다물었다.

성우주는 조명 속에서 미소를 지었다. 순정만화에나 나올 기력지에 반짝반짝 빛나는 얼굴, 패션잡지 135페이지에서 그대로 튀어나온 것 같은 성우주의 외모에 모두 "아아" 하는 느낌의 탄성을 내쉬었다.

"스타원 채널 시청자들에게만 특별히 제 노래를 살짝 공개해드릴게요. 타이틀곡은 아니지만 제가 직접 작사한 곡이라 아주아주 애착이 가는 곡이에요. 제목은 '포에버 러브', 여러분에게 드리는 제 사랑의 마음입니다."

성우주가 손가락으로 하트를 만들어 카메라 앞으로 내밀자 만수가 입에 손가락을 집어넣고 토하는 시늉을 했다. 원구도 갑자기 김칫국물을 한바가지 들이켜고 싶은 생각이 간절해졌다. 하지만 이내 두 사람은 얼어붙고 말았다.

성우주가 노래하기 시작했던 것이다. 소녀들의 넋을 단숨에 쪽쪽 빨아들일 것 같은 애절하고 부드러운 목소리. 얼굴처럼 곱상한 노래가 연습실에 퍼져나가기 시작했다. 나지막하게 시작된 노래는 점점 클라이맥스에 달했다. 부드럽기만 한 게 아니다. 성량도 풍부하고 힘이 넘쳤다. 숨소리도 죽인 채, 모두 성우주의 노래에 빠져들었다.

"오늘은 여기까지."

노래를 마친 성우주가 카메라를 향해 윙크를 날렸다. 구경하던 연습생들에게서 박수와 휘파람 소리가 터져나왔다. 하지만 성우주는 연습생들의 반응 따위는 전혀 관심 없다는 표정이었다.

"오늘은 그만하죠. 피곤하네요."

스텝들 사이에서 불평이 나왔지만 성우주는 자리에서 일어나 문쪽 소파에 벌렁 누워버렸다. 부실장이 박수를 치며 성우주에게 다가갔다.

"우주야, 수고했다. 재밌는 구경거리가 있는데 한번 볼래?"

부실장이 유부처럼 유들유들하게 성우주에게 말했다.

"시작하시죠."

부실장이 멀뚱히 서 있는 세 사람을 향해 말했다. 원구는 놀라서 변삼용을 쳐다봤다. 변삼용도 당황한 기색으로 "여……, 여기서 말인가?"라고 물었다.

"다들 여기서 오디션 봅니다. 뭐, 무대라도 세워드려요? 오디션 보기 싫으신가봐요?"

"뭐, 가수는 무대를 가리지 않는 법이지. 어이, 잘 보라고. 원구야, 가볍게 한곡 불러라."

의자를 찾아 앉은 변삼용은 느긋하게 팔짱을 끼고 원구를 향해 찡긋, 웃음을 지어 보였다.

느닷없이 오디션 시작. 원구는 솜털까지 모두 곤두설 정도로 긴장해버렸다. 이렇게 많은 사람들 앞에서 노래 부르는 건 처음이었다. 더구나 성우주의 노래가 끝난 지 몇 초 지나지도 않았다. 세상에서 제일 싫은 건 배 타는 것, 그다음은 성우주 다음에 노래하는 것. 하지만 모두의 눈이 쏠려 있다. 할 수 없다. 부르는 거다. 빨리 해치워야겠다고 원구는 결심했다.

"흠흠."

원구가 목소리를 가다듬기 시작하자 연습생 아이들이 웅성거리기 시작했다. 원구의 얼굴이 입고 있는 티셔츠처럼 오렌지색으로 변했다.

자, 시작해라, 원구야. 멋지게 불러보는 거야. 변삼용이 뻣뻣한 얼굴을 우그러뜨리며 미소를 날렸다.

Many nights we prayed, with no proof anyone could hear.

노래가 시작되자 일순 웅성거림이 멈췄다. 허, 역시 훈련한 보람이 있어. 바이브레이션 제대론데. 아니, 그렇다고 저렇게 몸까지 미친 듯 바이브레이션 할 필요가……, 있나? 그렇게 생각하는 변삼용의 턱도 덜그럭, 덜그럭 떨리고 있었다. 아아, 원구야, 쫌. 그러면 안 돼. 배에 힘 팍 주고! 자신 있게 불러, 원구야!

In our hearts a hope for a song, we barely understood.

저건 휘트니 휴스턴과 머라이어 캐리가 함께 부른 〈When you believe〉. 가창력 좋은 가수의 노래가 좋겠다, 했더니 참 곧이곧대로 골랐구나. 이건 자장면이냐 짬뽕이냐 선택의 기로처럼 우열을 가리기 힘든 두 가수를 '짬짜' 로 고른 듯한 대담한 선택. 다행히 음성은 한층 안정을 찾았다. 좋아, 그대로 밀고 나가. 다들 지켜보고 있다. 본때를 보여줘, 원구야.

Now we are not afraid, although we know there's much to fear.
We were moving mountains. Long before we knew we could.

원구의 노래가 계속되자 연습생들의 얼굴에 '어어어……' 하는 빛이 떠올랐다. 그렇지! 바로, 그거야! 휘트니 휴스턴, 머라이어 캐리가 울고 갈 정도로 잘 부르고 있잖아. 아주 똑같이. 똑같이! 변삼용은 울 것 같은 얼굴이 되었다. 역시 또 똑같이 부르고 있다.
연습생들이 웅성거리기 시작하더니 갑자기 빵! 터졌다. 휘트니와 머라이어가 함께 부르는 대목, 바로 클라이맥스 부분이었다. 허스키하면서 박력 있는 휘트니의 목소리와 곱고 높은 머라이어의 목소리가 탁구공을 주고받듯 딱콩딱콩 정신없이 번갈아가며 튀어나왔던 것이다. 연습생 아이들 몇은 배를 잡고 구르며 숨죽여 웃기 시작했다. 변삼용의 이마에 땀이 솟기 시작했다.

노래가 끝났다.

박수소리는 없다. 대신, "우하하하." 거침없는 웃음소리가 터졌다. 성우주였다. 성우주의 웃음이 신호탄이라도 된 듯 모두가 하이에나처럼 웃기 시작했다. 원구는 제가 어떻게 불렀는지 기억도 나지 않았다. 웃는 소리로 미루어 보아 잘한 건 아니라는 것을 짐작할 뿐이었다. 웃음소리는 그칠 기미가 보이지 않았다. 원구는 당장이라도 뛰쳐나가고 싶었다. 하지만 다리가 후들거려 움직일 수도 없었다.

"야, 너 뭐냐? 하하하……. 부실장님, 쟤 뭐야?"

"재밌을 거라고 했잖아."

부실장이 안경테를 올리며 싱긋 웃었다.

"야, 너 이름 뭐냐?"

성우주가 물었다.

"워, 원군디."

또 웃음이 빵! 터졌다.

"너, 다른 것도 한번 해봐라. 남자 노래 할 수 있어?"

성우주가 좋아 죽겠다는 듯 소리쳤다.

변삼용은 '끙' 하는 신음소리를 냈다. 내, 이럴 줄 알았지. 왜 휘트니나 머라이어 소리는 해가지고. 뭐, 못 부른 건 아니야. 휘트니와 머라이어를 똑같이 부를 수 있는 애가 얼마나 되겠어. 이번에는 목 풀었다 치고 다시 한곡 멋지게……, 부를 수 있을까? 비디오테이프라면 되감기라도 하고 싶지만 이건 빼도 박도 못할 생방송. 만회할 수밖에 없다. 조금 전 노래의 기억은 단숨에 날려버릴 만큼 멋지게 부르는 거다.

"원구야, 이번에는 남, 남자 가수 노래 하나 불러봐라."

원구가 원망스러운 눈빛으로 변삼용을 쳐다보았다.

"야! 신나는 곡으로 불러. 나도 춤 좀 춰야 될 것 아니야."

어느 틈에 만수가 옆에 서서 귀에 속삭였다.

그때 왜 아랫집 영감님 생각이 났는지 모를 일이다. 원구의 머릿속이 까맣게 되면서 '신나는 곡'이라는 단어만이 하늘의 계시처럼 어둠속에서 '팟' 불을 밝혔다. 최면에라도 걸린 듯 원구는 저도 모르게 입을 열어 노래하고 있었다. '신바람 김박사'도 아닌 신바람 남진의 〈그대여 변치 마오〉를. 무의식중에 노인네가 가르쳐준 찔러 찔러, 돌리고 돌리고, 팅겨 팅겨, 3종 세트까지 했다는 걸 원구는 노래가 끝나고 다 기절해버린 아이들을 보고 나서야 알아챘다.

연습생 중 반은 "아이고, 나 죽네." 하며 바닥을 구르고 있었다. 나머지 반은 배꼽을 찾아 기어다니느라 아수라장이었다. 나중에 변삼용이 증언한 바에 따르면 그렇게 아수라장이 된 데는 만수도 한몫 단단히 했던 모양이었다. 멋진 비보이 댄스를 선보이고 싶었겠지만 처음 들어보는 트로트에 몹시 당황한 만수는 헛발질을 일

삼다 결국 마지막에 의욕적으로 백텀블링을 선보였고 바닥에 몹시 처참한 꼴로 패대기쳐졌다고 한다. 이건 망신 정도가 아니다. 초울트라메가톤급 대대대망신.

하지만 세 사람을 제외한 모든 사람이 웃고 있었다. 극명한 감정의 대비가 한 방 안에 공존해 있었다. 원구는 주먹을 꽉 쥐고 입술을 깨물었다. 깜빡거리지 않으려고 눈에 힘을 모았다. 눈을 깜박였다가는 바로 눈물이 주르륵 흘러내릴 것만 같았다.

안경을 벗고 손등으로 눈물을 닦고 있던 부실장이 아이들의 웃음소리가 가라앉자 입을 열었다.

"수…… 수고했다. 이히히히히~."

오디션은 이렇게 끝인가? 원구는 변삼용 쪽을 쳐다보았다. 변삼용은 복잡미묘한 표정으로 얼굴만 쓰다듬고 있었다.

부실장이 물었다.

"변사장님, 시간 좀 있으시죠?"

변삼용은 말없이 고개를 끄덕였다.

"어이 민상, 이리 나와봐."

원구와 만수는 흠칫 놀랐다. 민상? 혹시 이름도, 얼굴도, 목소리도 아름다운 그 민상?

"민상 없는데요."

연습생 중 누군가 대답했다.

"이 자식, 또 어디로 튄 거야? 야, 너 나와봐."

부실장이 가리킨 여자아이가 무리 속에서 일어나 앞으로 나섰다.

"최근에 오디션 합격한 애입니다. 너, 이름이……."

"인하, 서인하입니다."

"그래 너, 노래 하나 해봐."

자그마하지만 야무진 인상의 아이였다. 서인하는 잠시 목청을 가듬더니 원구를 향해 씨익 웃었다. 부실장이 고개를 끄덕이자 서인하의 입에서 노래가 터져나왔다. 그건 바로 조금 전 원구가 부른 〈When you believe〉.

성우주의 노래를 듣고 놀란 가슴이 진정되기도 전에 또 탭댄스 추듯, 원구의 심장이 뛰기 시작했다. 대단했다. 작은 몸에서 나오는 목소리라고 믿어지지 않을 만큼 파워풀한 가창력. 숙련된 솜씨로 부르는 〈When you believe〉는 원구가 불렀던 노래와는 전혀 달랐다. 게다가 서인하의 표정에는 여유가 흘러넘쳤다. 노래를 부르는 내내 서인하의 눈빛은 원구를 향해 있었다. 본때를 보여주마, 하고 작정한 듯한 서인하의 노래가 끝났다.

원구의 얼굴이 화르륵 달아올랐다. 부끄러움 때문만은 아니었다. 가슴이 답답했다. 초등학교 운동회 때 달리기 결승전에서 2등으로 들어왔을 때 이후로 처음 느끼는 기분이었다. 그때는 분해서 씩씩거렸다. 아주 간발의 차이라 아까웠다. 하지만 지금은 아깝다

기보다는 아득한 느낌. 뒤쫓을 엄두도 나지 않을 만큼 엄청난 차이로 진 기분이었다. 만면에 웃음을 짓고 있는 부실장과 허리를 반으로 꺾고 웃고 있는 성우주와 아이들, 의기양양한 표정의 서인하. 원구의 눈앞이 흐릿해졌다. 웃음소리만이 집요하게 귓속을 파고들었다. 원구는 고개를 떨궜다.

연습실을 나오는 세 사람 뒤로 목소리가 따라붙었다.

"개나 소나 다 가수하겠다고 덤비고. 아주 별 그지 같은 것들이 다 모여드네."

성우주였다. 한마디 덧붙였다. "촌놈들!"

"뭐야, 이 새끼가!"

단숨에 달려들 기세인 만수를 변삼용이 필사적으로 막았다.

"아, 놔요. 저 새끼. 터진 입이라고 어디서 개소리야! 내 그 주둥이를 다시는 못 열게 해주겠어. 아, 사장님, 놔봐요! 왜 저한테만 이래요? 야야, 너 부모 백 믿고 까불지 마, 새꺄! 내가 안티팬 백만 명 모아서 한방에 훅 가게 할 거야!"

원구도 만수처럼 소리치고 미쳐 날뛰고 싶었다. 누구라도 걸리기만 해봐. 독가스를 가득 품고 터지기만 기다리고 있었는데 성우주가 불씨를 당긴 거다. 덤벼라, 덤벼. 소리 지르고 욕하고 힘껏 패주고, 아니 흠씬 두들겨 맞더라도 한판 붙고 싶은 참이었다. 하지만.

"짝!"

원구가 만수의 뺨을 갈겼다. 발광하던 만수가 놀란 눈으로 굳어 버렸다. 변삼용과 부실장도 당황한 표정으로 원구를 쳐다보았다. 놀란 건 원구도 마찬가지였다. 이로써 '만수의 난'은 평정되었다.

지상으로 세 사람을 올려다줄 엘리베이터가 멈춰섰다. 부실장에게 목례를 한 뒤 세 사람은 엘리베이터에 올랐다. 하지만 닫히려던 엘리베이터 문이 다시 열렸다. 부실장이 '열림' 버튼을 누르고 있었다.

"변 사장님, 시간 있으시죠?"

"뭐가 또 남았나?"

"변 사장님은 시간이 많으시겠지만 저희는 바쁜 사람들입니다. 변 사장님 시간을 좀 절약해드리려고 오늘 이것저것 보여드렸습니다. 시간 낭비하지 마시라고요."

변삼용이 대꾸도 하기 전에 부실장이 잽싸게 다시 입을 열었다.

"변 사장님, 아이돌은 저희에게 맡겨주십시오. 하시던 대로 트로트 가수나 키우십시오. 아니면 개그맨을 키우시든지요. 그 편이 전망 있어 보입니다. 안녕히 가십시오. 또 뵙는 일, 가능하면 없었으면 합니다."

부실장이 까딱 고개를 숙인 후 버튼을 눌렀다. 하지만 이내 닫히려던 엘리베이터 문이 다시 열렸다.

"어이, 자네."

걸어가던 부실장이 뒤를 돌아봤다. 변삼용이 굳은 목소리로 말했다.

"자네 후회라는 거 해봤나?"

부실장의 얼굴에 물음표가 떠올랐다.

"자네, 후회할 날 올걸세."

부실장이 입을 달싹이는 틈에 변삼용이 잽싸게 버튼을 눌렀다. 엘리베이터 안은 침묵으로 가득 찼다. 변삼용의 얼굴이 붉어졌다. 나중에 두고 보자니……. '나도 왕년이 있었다'는 말과 세트로 남부끄러운 말을 하고 말았다. 누구나 한때는 기고만장하는 때가 있는 것이다. 자신이 누구인지도 모르고, 자신이 등에 업은 사람만 믿고, 쫓고 까부는 법이다. 그런 것쯤 자신은 상관없었다. 이때까지 무수히 당해온 일이었다. 하지만…….

변삼용은 엘리베이터 문에 비친 풀죽은 원구를 물끄러미 쳐다봤다. 원구가 받았을 상처를 생각하니 마음이 착잡해졌다. 저런 똥파리 같은 놈 따위 그냥 무시하는 거다, 원구. 변삼용의 입언저리가 씰룩거렸다.

"에이씨, 다 재수 똥이야. 다 망해버려라."

만수가 소리를 지르며 주먹을 허공에 휘둘렀다.

"야, 이 자식! 너 왜 내 뺨 때렸어?"

만수가 원구의 멱살을 잡았다. 원구는 말이 없었다.

"이 자식이! 아, 오늘 이래저래 열 받게 하네. 야, 한판 붙자. 덤벼, 덤벼!"

만수가 복싱 폼으로 주먹을 쥐어올렸다. 벽이라도 후려칠 기세였다. 원구가 가드를 올렸다. 만수가 원구에게 훅을 날리려는데 엘리베이터 문이 열렸다.

"어!"

엘리베이터에 앞에 서 있는 사람을 보고 원구와 만수가 주먹을 쥔 채 동시에 외쳤다. 이름도 얼굴도 목소리도 아름다우신 민상이었다. 변삼용의 발길질에 두 사람은 고꾸라지면서 엘리베이터에서 튀어나왔다. 민상이 내려다보고 있었다. 고고한 여신의 눈으로. 만수 같은 강렬한 인상도 전혀 기억에 없다는 듯, 민상은 무표정한 얼굴로 사뿐히 엘리베이터 안으로 들어가 버튼을 눌렀다. 닫히는 엘리베이터 문 사이로 원구와 만수는 보았다. 민상이 찡긋 윙크를 날리는 것을.

바깥은, 눈부셨다.

차가운 대리석 건물에서 토해져 나오자마자 태양광선이 공격해왔다. 일순 눈앞이 컴컴해졌다. 원구는 저도 모르게 눈 위에 손차양을 만들었다. 백만년 동안 지하감방에 갇혔다 풀려난 것처럼 바깥 풍경은 낯설었다. 건물 안에서 조금 전 일어난 일이 한바탕 꿈만 같았다. 거리에는 사람들이 분주히 오가고 자동차는 요란한 클랙슨 소리로 서로를 위협하고 있다. 모두 어딘가로 맹렬하게 가고 있다. 길 위에 멀거니 서 있는 것은 세 사람뿐. 선글라스를 낀 노란 갈기머리와 가방을 두고 온 교복 입은 해파리, 그리고 입고 있는 티셔츠처럼 얼굴이 달아오른 오렌지 하나. 국내 최고 기획사의 위풍당당한 대리석 건물이 세 사람의 뒷모습을 유령처럼 반사하고 있었다.

"사장님, 기분도 꿀꿀한데 회식이나 해요."

기억력 3초, 만수가 상큼하게 외쳤다.

・・・

"우리 이러니까 꼭 캠핑 온 것 같아요!"

옥상 위, 맹렬하게 뿜어나오는 삼겹살 굽는 연기 속에서 황홀한 듯 만수가 말했다. 아무래도 학교에 가방이랑 눈치를 함께 두고 온 것 같았다.

아무도 말이 없다. "야호, 캠핑!"이라고 외친 뒤로 만수마저 한마디도 하지 않았다. 역시 녀석도 충격이 큰 거야……, 는 개뿔. 정신없이 고기를 입에 처넣느라 말할 겨를이 없었던 거다.

"야, 좀! 익으면 먹어라!"

변삼용의 호통 소리에 만수는 입안 가득 고기를 씹으며 손가락을 동그랗게 오므려 '오케이' 사인을 보냈다. 오케이 사인은 개뿔, 삼겹살에 불길만 스치면 다가오는 만수의 젓가락을 변삼용은 필사적으로 막았다.

"원구야, 너도 빨리 익어라. 고기 먹었다."

다급한 마음에 혀까지 꼬인 변삼용이 부랴부랴 상추쌈을 싸서 원구의 입에 밀어넣었다. 고기라면 환장하던 녀석이 영 먹는 게 시원치 않다. 변삼용은 코끝이 알싸해왔다. 충격이 큰 거다, 이 녀석. 그런 느낌 처음이었겠지. 변삼용은 익은 고기를 원구 앞에 몽땅 그러모았다.

"야, 만수가 다 먹는다. 얼른 먹어."

"사장님! 너무하신 거 아니에요?"

만수가 삼겹살 파편을 뿜어내며 소리쳤다.

"아, 아니. 너무 급하게 먹으면 탈 나니까. 마, 만수 너도 천천히, 많이 먹어."

"네, 걱정 마세요. 제가 한창 많이 먹을 때는 불고기 18인분까지 먹어 봤어요."

18인분! 그게 인간이냐, 불고기 쓸어담는 불도저지.

"한창때면 언제?"

"초등학교 6학년 때? 그때 하루에 10센티씩 컸어요, 우헤헤. 지금은 그렇게까지 못 먹어요. 한 12인분? 아무래도 춤출려면 선이 중요하잖아요. 관리해야죠. 우리 아빠가요, 남들은 자식새끼 먹는 것만 봐도 배가 부르다는데 나는 네가 젓가락만 들어도 체할 것 같다, 했어요. 우헤헤헤."

만수 아버지, 냉철하신 분.

"워구야, 너 애 아 먹어?" 볼이 미어진 채로 만수가 물었다.

"어, 밸로 생각이 없구만."

"혹시 오디션 본 것 땜에 그래?"

원구는 아무 대답도 하지 않았다.

"야, 그럼 BJ엔터테인먼트에서 '어서 옵쇼' 할 줄 알았냐? 너, 왜 그렇게 양심이 없냐?"

무슨 소린가 해서 변삼용의 귀가 쫑긋해졌다.

"거긴 거대기업이잖아. 우리는 신생 중소기업. 네가 언제 제대로 비싼 돈 내고 보컬 트레이닝을 받아본 적이 있냐, 댄스 학원을 다녀본 적이 있냐? 너는 연습실도 없이 이런 옥상 위에서 고작 혼자 '사랑의 아픔일랑, 짜라짜짜' 같은 것만 죽도록 부르다 갔는데 당연한 결과 아냐? 걔네들 다 죽도록 노력한 애들이야. 성우주는 아마 태어날 때부터 '응애~' 대신 노래하면서 태어났을 거다. 이 형님도 이 정도 춤추는 데 무려 5년이나 걸렸단 말이다. 그 정도는 해줘야 명함이라도 내밀지. 그건 네가 가요계를 너~무 만만의 콩

떡으로 본 거지. 다 인과결과야."

끄~응, 변삼용이 한숨을 내쉬었다. 인과응보겠지. 오랜만에 기특한 소리를 하나 싶었는데 오장육부를 골고루 후벼파는 소리만 골라서 한다.

"그럼 너는 5년이나 한 놈이 왜 그렇게밖에 못했냐?"

"제 말이요. 그게 억울하다니까요. 제가 교복 안 입고 제대로 갖춰입고 가기만 했어도 그런 일은 없었을 텐데. 아, 그래도 너무너무 다행이에요."

"뭐가 다행이냐?"

"잘하는 놈들이 BJ엔터테인먼트 연습생들이니까, 슈퍼스타 프로젝트 오디션에 최소한 오륙십 명은 경쟁자에서 줄어들잖아요. 안 그래요, 사장님? 헤헤."

대책 없이 낙관적인 생물체 만수는 한동안 쉬었던 젓가락질을 다시 맹렬하게 시작했다.

"참, 몇 시야? 어, 어……."

프라이팬 위에 있던 삼겹살을 싹 쓸어 한번에 흡입한 만수가 옥상 계단을 구르듯 내려갔다. 만수가 사라지고 나자 불판 위 삼겹살은 줄어들 기미 없이 타들어만 갔다. 변삼용도 젓가락을 놓고 담배만 피워 댔다. 구름에라도 가렸는지, 남산타워 불빛도 사라지고 없었다. 어쩐지 눈가가 시큰해졌다.

"아재."

원구가 입을 열었다. 심봉사가 오매불망 그리던 딸 청이를 만난 듯, 변삼용은 왈칵 반가운 마음이 들었다.

"응?"

"실망혔제?"

변삼용은 머뭇거리다 입술에 침을 발랐다.

"야, 그 정도면 잘한 거야. 다만 곡 선정에 살짝 문제가 있었던 거지. 성우준지 성외젠지보다 네가 훨 나아. 그럼, 훨 낫지!"

내처 불끈 주먹까지 쥐어 보였다.

"우리에겐 슈퍼스타 프로젝트 오디션이 있잖냐. 오늘은 그냥 테스트로 해본 것 아니냐? 한 번 정도 실수는 기본 매너야. 사람이 너~무 완벽하면 매력이 없는 법이야. 테스트도 해봤으니 이제 정면승부. 슈퍼스타 프로젝트 오디션을 집중적으로 준비하자. 이제 시간도 얼마 안 남았으니 본격적으로 시작하는 거야, 응?"

"아재, 나는 암만 해도 안 되겄어. 슈퍼스타고 뭐고 영 안 될 것 같구만."

"뭘 해봤다고 그런 맘 약한 소리냐? 만수 말 못 들었냐?"

원구는 아무 말도 없었다. 애써 불끈 쥐었던 변삼용의 주먹이 스르르 풀렸다.

"배…… 탈라믄 또 한참 괴롭겄제?"

"야! 너 무슨 소리야?"

"나는 밥값도 못허는 것 같구만. 인자라도 섬으로 돌아가는 것이 아재 수고라도 더는 일인 것 같어."

"야! 너 그런 소리 절대 하지 마라. 내가 무슨 수를 써서라도 너 가수 만들고 말 테니. 우리도 쨍할 날 봐야 하지 않겠냐."

아, 또 나왔다. 우라질 놈의 '쨍할 날'.

변삼용은 담뱃갑에서 새 담배를 찾았다. 담배가 없다. 변삼용은 담뱃갑을 꼭 쥐어 구겼다. 하, 꼭 결정적일 때 담배가 떨어진단 말이야. 변삼용은 재떨이에서 그나마 긴 꽁초 하나를 찾아 입에 물며 말했다.

"내 생각은 말이다, 고기 잘 먹는 사람이 따로 있듯이 노래는 타고나는 거다. 보자, 그러니까 너는 일단 목소리는 타고났고, 관건은 타고난 목소리에 기름칠을 좀 해줘야 하는 건데……. 보컬 트레이닝 해주실 분이 한 분 계시긴 한데……."

변삼용은 불빛을 향해 맹렬하게 달려드는 날파리 떼를 손으로 홰홰 저어 물리쳤다. 날파리 떼가 물러난 대신 잔뜩 기대에 찬 원구의 얼굴이 코앞에 다가와 있었다.

"그, 그러니까 노래를 하시는 분은 아니고 예전에 밴드 하면서 기타 치던 분인데. 작곡도 좀 하시고 보컬도 키우고 그러셨지."

"그려? 지금도 보컬 키우능가?"

"지금은 코끼리를 키우시지."

· · ·

"아하하, 아하하하……."

두 팔을 한껏 벌리고 바람처럼 쌩 달려나갔던 만수가 다시 돌아와 원구와 변삼용 주위를 빙글빙글 돌기 시작했다.

"원숭이다, 원숭이! 아하하하……."

원숭이보다 더 원숭이 같은 건 만수 쪽. 지나던 사람들이 신기한 듯 만수를 구경했다. 원구와 변삼용은 만수에게서 멀찍이 떨어져서 걸었다.

"너, 만수는 왜 데려왔냐?"

변삼용은 원숭이를 구경하느라 여념이 없는 만수 뒤에서 원구에게 나지막이 물었다.

"델꼬 오기는. 동물원 간다고 혔더니 지 발로 온 거제."

"저놈은 동물원 난생처음 와본 놈처럼 왜 저 난리법석이냐. 어, 넌 혹시 처음이냐?"

"사진으로는 솔찮이 봤제."

원구는 초등학교 때 소풍이 지독히 싫었다. 아니, 소풍 다음날이 더 싫었다. 아이들이 소풍날 다녀온 동물원에 대해 신나게 떠들

때, 원구는 슬그머니 교실을 빠져나왔다. 초등학교 6년 내내 소풍은 단 한 번도 가본 적이 없었다. 소풍 가고 싶다는 마음이 번번이 배에 올라타는 두려움에 굴복하고 말았던 것이다. 그런데 드디어 동물원에 오다니. 살아 움직이는 동물들을 보니 눈알이 핑핑 돌 지경이었다. 만수 못지않게 원구 마음도 풍선마냥 부풀어 '톡' 하고 터질 찰나.

"네, 형님! 저희 도착했습니다."

잔뜩 힘이 들어간 목소리로 전화 통화를 마친 변삼용이 성큼 앞장섰다.

한국 록의 새로운 장을 연, 록계의 전설. 하지만 시대를 너무 앞서간 파격적인 음악과 퍼포먼스에 대다수 사람들은 비난과 야유로 화답했다. 알아주는 사람도 없는 무대를 20여 년간 지키다 떠난 비운의 그룹. 활동할 때 낸 두 장의 엘피(LP)판은 어디에서도 구할 수 없는 그야말로 전설로만 전해지는 음반. 아는 사람만 알 수 있다는 천재적인 음악성과 절대적인 카리스마를 지닌 그룹 '와일드 도그'의 기타리스트이자 리더, 였다고 변삼용이 주장하는 김사연. 그를 만나러 온 것이다. 저기, 마침내 록계의 전설이 나타났다.

"여, 오랜만. 잠깐만 기다려. 코끼리 목욕시킬 시간이라."

작업복 차림의 전설은 코끼리 우리 속으로 사라졌다. 우람한 체구에 깨끗하게 민 대머리가 반짝거렸다. 작업복을 입고 큰 솔로 코끼리 몸을 북북 문지르고 있는 김사연은 '전설적인 로커'보다는 '전설의 주먹'이 더 어울릴 것 같았다. 웬만한 사람의 배는 될 것 같은 몸집에 우락부락한 얼굴. '로커'라면 가만히 있어도 뮤지션다운 광채가 뿜어나오리라는 원구의 예상은 완전히 빗나갔다.

큰 호스로 물줄기를 뿜어 몸에 끼얹자 코끼리는 기분이 좋은지 귀를 펄럭거렸다. 덕분에 물에 흠뻑 젖었는데도 김사연은 뭐가 좋은지 싱글벙글 웃었다. 웃으니 험상궂은 인상이 대번에 사라졌다. 코끼리 눈도 웃고 있는 것처럼 보였다. 원구는 코끼리를 직접 보자 완전히 감동했다. 하지만 더욱 감동이 넘쳐 날뛰는 것은 만수. 당장이라도 울타리를 뚫고 뛰어들 태세라 원구가 옷자락을 꽉 붙잡고 있어야만 했다. 한바탕 목욕이 끝나고 우리 밖으로 나오는 김사연에게 변삼용은 두 손으로 공손히 바나나 우유를 건넸다.

네 사람은 벤치에 나란히 앉아 바나나 우유를 빨대로 쪽쪽 빨며 코끼리를 구경했다.

"역시 목욕 후에는 바나나 우유거든."

다들 옳거니, 장단이라도 맞추듯 고개를 끄덕였다.

"코끼리는 말이다. 기억력이 비상한 놈이다. 코끼리한테 해코지를 했다가는 큰일 나지. 저놈은 절대 잊지 않거든. 몇십 년이 지나도 죽지 않는 한 기억하고 있다가 되갚지."

"뒤끝이 장난 아니다. 몸은 저렇게 커다래 갖고 속은 밴댕이네요. 한번 시험해봐도 돼요? 돼요? 돼요? 네? 네? 네?"

돌멩이를 주워들고 벌떡 일어난 만수를 변삼용이 입을 틀어막아 주저앉혔다.

"원구는 동물원이 처음이랍니다, 형님."

"아, 그래? 그럼 우리 동물원 최고의 스타, 돌고래를 보러 가야지."

평일 오후라서인지 돌고래쇼 장에는 사람들이 드문드문 앉아 있을 뿐이었다. 그래도 음악은 요란하게 울려퍼지고, 쇼 진행자는 신난다는 듯 마이크에 대고 고래고래 소리를 질러 댔다. 어쩐지 힘이 없는 건 돌고래들. 매일 반복되는 쇼에 싫증이라도 난 듯, 권태로운 모습이었다. 훌라후프 뛰어넘기와 코로 공 돌리기 등을 선보인 돌고래 세 마리가 물러나자, 그보다 조금 큰 돌고래 한 마리가 등장했다.

"저놈이 진짜다."

김사연이 눈을 빛내며 손가락으로 가리키자 물 가운데 하얀 물줄기가 생겼다. 푸른빛이 도는 진회색 돌고래가 힘차게 물살을 가르며 관중석 쪽으로 다가왔다. 조련사가 깃발이 달린 장대를 물 위 1미터 정도 높이에서 수평으로 내밀었다. 장대를 뛰어넘는 건가 했는데 꼬리로 장대를 툭 쳐서 물속으로 빠뜨리더니 돌고래도 사라졌다. 잠시 후 물 한가운데서 깃발이 솟아오르더니 빠른 속도로 원을 그렸다. 몇 차례나 계속 빙빙 돌던 깃발이 다시 물속으로 사라졌다.

　사람들은 깃발이 사라진 곳으로 시선을 모았다. 아무 일도 일어나지 않는 시간이 제법 오래 지속되었다. 사람들이 웅성거리기 시작했다. 그 순간 갑자기 돌고래가 하늘로 날아올랐다. 한 마리 거대한 새처럼. 아아, 원구는 나직이 탄성을 질렀다. 하늘을 연거푸 빙글빙글 돌더니 돌고래는 하얀 물보라를 일으키며 물속으로 사라졌다. 굉장한 점프였다. 사람들은 박수를 치며 환호했다. 만수는 휘파람을 연방 불어 대느라 얼굴이 시뻘게졌다. '끼익 끼익' 물속에서 가느다란 소리가 들려왔다.

　변삼용이 배고프다고 난리 치는 만수를 질질 끌고 핫도그를 사러 갔다.

　"자네, 이름이……?"

　"원구, 이원구."

　"흠…….."

　그것으로 끝. 뭔가 더 말을 건넬 줄 알았던 김사연은 더 이상 입을 열지 않았다. 어색한 침묵이 원구와 김사연 사이에 걸터앉았다.

　"참 이상스럽네. 여그 동물들은 영판 어색해 보인당게. 돌고래가 재주넘는 것도 거짓부렁만 같고만."

　"당연하지. 다 기계로 작동하는 거야. 동물들은 정교하게 만든 인형들이고 몸속에는 기계장치가 내장되어 있지. 저기 사무실에서 동물들 몸속에 들어 있는 칩과 연결된 기계로 리모트컨트롤 하는 거야."

"뻥이제?"

"뻥이지."

말도 안 되는 개그는 어디서 많이 듣던 것이었다.

"사실, 진짜가 아닌 게 맞지."

"?"

"애네들은 사람들한테 보이려고 만든 동물들이니까. 자연의 본성 따위는 전혀 찾을 수 없지. 사자라고 해도 던져준 고기나 뜯을 줄 알지, 토끼 한마리도 못 잡아. 태어날 때부터 사람 손에 길러졌으니까 애완동물이나 마찬가지지. 간혹 도망가는 놈들도 있지만 백이면 백 다 살아남지 못해. 스스로 사는 능력을 이미 상실했거든. 안에 있는 게 행복한 거지."

"그건 동물 입장이 돼보지 않으면 모르는 거 아녀?"

"경험을 중시하는 소년이군, 자네."

"?"

"내 경험에 의하면 말이지, 바깥세상을 못 잊는 것들은 저 안에서 못 살아. 죽든지 도망치든지 둘 중 하나지. 제가 알고 있는 세상 외에 다른 것이 있다는 걸 모르면 행복한 거야. 사람도 마찬가지지. 결국 사람도 울타리 안에 있는 게 가장 안전하다고 생각하지 않는가?"

원구는 멍한 눈으로 김사연을 올려다보았다.

"노래 부르는 것이 좋은가?"

"싫지는 않구만."

"그게 단가? 돈과 명예, 인기를 얻고 싶은 게 아닌가?"

"준다믄 사양은 않겄구만."

"……삼용이가 지푸라기라도 잡고 싶었는지 나를 찾아왔는데 보다시피 나는 음악 한 게 까마득한 옛날 일이고 너한테 쥐꼬리만 한 가르침이라도 줄 만한 위인이 못 된다. 기왕 여기까지 왔으니 동물이나 구경하고 가게나."

원구는 작게 한숨을 내쉬었다. 혹시나 했던 기대가 와르르 무너지는 기분이었다. 저만큼 만수가 달려오는 게 보였다. 두 손에 핫도그를 들고 겅중겅중 뛰어오던 만수가 갑자기 자빠졌다. 넘어지면서도 핫도그를 든 손은 높이 쳐들고 있었다. 일어나서 멀쩡한 핫도그를 흔들며 만수는 의기양양하게 웃었다.

· · ·

동물원을 나서며 변삼용과 김사연은 오랜만에 만났으니 한잔하자며 의기투합했다. 만수는 '오늘은 일찍 안 들어오면 패 죽이겠다'는 엄마의 전화를 받고 울면서 집으로 돌아갔다. 술집으로 가는가 했더니 버스를 한참 타고 도착한 곳은 주택가였다. 김사연은 좁은 골목길 끝, 한 허름한 빌라로 들어갔다. 초인종을 누르고 문이 열리자마자 작은 공이 튀어나와 김사연의 가슴으로 달려들었다. 대여섯살쯤 되어 보이는 작은 사내애였다. 김사연의 우락부락한 얼굴에 웃음이 가득했다.

"우리 아들."

"유괴한겨? 아, 왜? 아프당게!"

원구의 옆구리를 변삼용이 미친 듯이 찔러댔다. 원구는 집안을 두리번거렸다. 창문에 걸린 레이스 커튼에, 하트 모양 방석과 고소하게 풍기는 기름 냄새, 따스한 구름이 몽실몽실 떠다니는 듯한 분위기가 전설적인 로커의 집이라고는 믿을 수 없었다. 아이와 똑 닮은 자그맣고 예쁜 여자가 방실 웃으며 나타나서 더 깜짝 놀라고 말았다. 저 여자는 납치? 원구가 입을 열기 전에 변삼용이 "형수님!" 하고 외치며 90도로 배꼽인사를 했다. 방긋방긋, 형수님이 원구를 향해 웃어주었다.

김사연이 고기를 뒤집는 동안에도 형수님은 계속 음식을 만들어 내왔다. 원구가 형과 만들어 먹던 것과는 딴판인 음식들이었다. 완벽한 원형의 부침개와 조물조물 무친 나물과 잡채, 된장찌개. 김사연과 변삼용은 주고받는 술잔에, 원구는 음식과 온몸을 감싸는 뭔가 모를 따스함에 취해 얼굴이 달아올랐다.

"형님, 오랜만에 형님 기타 소리 한번 들어봅시다."

변삼용은 술기운이 올라 불콰해진 얼굴로 말했다.

"이 사람 취했나. 내가 기타 놓은 지가 언젠데……."

"저기, 저건 그럼 뭡니까?"

방구석에 세워진 기타는 원구도 아까부터 눈여겨보고 있던 것이었다.

"저건 장식품이야. 데코레이션."

"그래요? 장식품 구경이나 한번 해봅시다."

변삼용은 일어나 구석에 놓인 기타를 들고 왔다. '띠링' 울릴 줄 알았던 기타는 아무 소리도 나지 않았다. 그래도 변삼용은 줄을 뜯고 머리까지 흔들며 연주하는 흉내를 냈다. 산발한 머리를 흔드니 정말 미친 사자 같았다. 김사연의 아들이 경기를 일으키며 울음을 터뜨렸다. 아이를 달래던 김사연이 벌떡 일어나 미친 사자에게서 기타를 빼앗았다. 갑자기 기타를 빼앗긴 변삼용이 어리둥절해 있는 동안 김사연은 소파 밑을 더듬어 선을 빼더니 기타에 꽂았다.

"징~." 묵직한 울림이 기분 좋게 퍼져나갔다. "지징~." 이번에는 좀 더 큰 떨림. 공기 속에 퍼져나가는 파장을 좀 더 분명하게 느낄 수 있었다. "징지징 징징징징징징……."

멜로디에 귀 기울이던 원구의 입이 딱 벌어졌다. 어느 틈에 울음을 그친 아이가 기타 소리에 맞춰 박수를 치다 입을 열었다.

"곰 세 마리가 한 집에 있어. 아빠 곰, 엄마 곰, 아가 곰……."

아, 전설의 로커가 연주하는 일렉트릭기타 소리에 맞춰 아이가 〈곰 세 마리〉를 부르며 춤춘다. 형수님은 박수를 치며 율동을 따라 하신다. 록계의 전설은 진지하기 그지없다. 과연 현란한 스킬에 카리스마 넘치는 무대 매너. 이건 뭔가. 가슴을 두드리는 이것은. 가슴 한구석이 뭉클해지는 이것은. 혹시 이것이 감동이란 것인가? 일일드라마에서나 볼 법한 훈훈한 장면이 실제로 눈앞에 펼쳐지는 기분이란 이렇게 괴상한 거구나. 변삼용과 원구는 넋을 잃고 가족을 바라보았다.

드디어 연주와 노래가 끝났다. 변삼용과 원구는 손바닥이 부르트도록 박수를 쳤다.

"원구야, 너도 하나 해봐."

원구는 찌릿, 변삼용을 노려보았다. 이 완벽한 분위기에 찬물을 끼얹는 변삼용의 눈치 없음이 무서울 지경이었다.

"그래, 해봐라. 한번 들어보자."

록의 전설이 이야기하니 안 할 수 없다.

"형님, 원구는 팝송만 부릅니다."

"어, 그래? 내가 요즘 건 잘 모르고 옛날 것 하나 해봐라."

"원구야. 그거 해봐라. 퀸의 〈보헤미안 랩소디〉. 난 그게 진짜 좋더라. 중간에 기타가 징징징 울리는 게 아주 좋아. 형님 괜찮겠습니까?"

김사연은 고개를 끄덕이며 원구를 쳐다보았다.

변삼용은 록밴드 퀸의 〈보헤미안 랩소디〉를 무척 좋아했다. 기타 연주도 멋지지만 보컬 프레디 머큐리의 놀라운 창법을 들을 때마다 소름이 돋았다. 변삼용은 내심 김사연에게 원구의 천재성을 가장 잘 보여줄 수 있는 곡이라 생각했던 것이다.

김사연은 기타 줄에 손을 대고 원구를 내려다보고 있었다. 기다리는 것이다. 원구가 쭈뼛거리며 자리에서 일어났다. 변삼용이 냉큼 맥주병에 숟가락을 꽂아 내밀었다.

Is this the real life? Is this just fantasy?

징~. 기타 연주가 시작되었다. 원곡에서는 프레디 머큐리가 피아노로 반주하는 부분이다. 나지막이 흐느끼는 듯, 하지만 한치의 망설임도 없이 기타가 소리를 내기 시작했다.

Open your eyes. Look up to the skies and see.
I'm just a poor boy, I need no sympathy.

Because I'm easy come, easy go.

Anyway the wind blows, doesn't really matter to me, to me.

멤버의 합창이 땅 밑 암흑세계에서 올라오듯 음울하게 시작되는 가운데 소름 끼치는 미성이 바람을 타고 날아오르듯 환상적으로 울려퍼진다. 어린 소년이 시를 읊조리듯 나지막이 울리던 목소리는 폭발하는 드럼 소리를 기다렸다는 듯이 용암처럼 분출한다. 이어지는 기타와 베이스의 현란한 연주. 인간의 음역이라고 믿을 수 없이 끝도 없이 솟아오르는 목소리. 허스키한 목소리가 섞인 오묘한 미성은 한여름의 태양처럼 파워풀하게 쏟아진다. 때로는 고양이처럼 유혹적인 소리로, 때로는 폭풍같이 무시무시한 힘으로, 그리고 초원에 부는 산들바람처럼, 원구의 목소리는 자유자재로 변했다.

프레디 머큐리다. 변삼용은 눈을 비볐다. 벌써 취한 건가. 새까만 얼굴에 긴 머리카락을 이마 위로 나부끼며 노래하는 이 녀석은 지금 프레디 머큐리, 바로 그대로다. 변삼용은 소름이 돋는 것을 느꼈다.

Nothing really matters. Nothing really matters to me.

Anyway the wind blows.

6분에 달하는 긴 노래가 끝났다. 모두 원구를 멍하니 바라볼 뿐이었다. 아이가 조그맣게 박수를 치기 시작했다. 김사연의 아내도 함박 웃으며 아이를 따라 박수를 쳤다. 얼굴이 발갛게 달아오른 원구는 김사연을 힐긋 쳐다봤다. 아무런 표정이 없다. 이번에는 변삼용의 얼굴을 쳐다봤다. 변삼용의 입이 찢어질 듯 헤벌쭉해져 있었다.

"형님, 우리 원구 대단하지 않습니까?"

"파세타 창법까지 구사하는구만."

"파, 팍셌다 창법이 뭡니까, 형님?"

"그런 게 있어. 오페라에서 여성만 구사할 수 있다는 기법이지. 남자로는 프레디 머큐리 다음으로 이 녀석이 두 번째야, 내가 아는 한에서."

"그러니까요. 프레디 머큐리도 울고 갈 만큼 잘한다니까요, 우리 원구가. 애가 사소한 결점이 있다면 너무 똑같이 하는 게 흠이지, 이만큼 부르는 애는 드물 겁니다. 아무렴요."

변삼용은 고슴도치 제 새끼 자랑하듯 흥분했다.

"천재, 천재예요. 한번 들으면 완전히 똑같이 카피한다니까요. 제 생각에는 기네스북에라도 올리고 싶습니다요, 네."

"아무래도 기네스북 쪽이 빠르지 않겠나?"

"그러니까요. 그게 문제예요. 가수 될 놈이 기네스북에 올라가게 생겼다니까요. 어흐흐, 내 팔자야……. 그래서 제가 이놈을 형님에게 데리고 온 거 아닙니까? 형님, 한수 전수해주십시오."

변삼용은 넙죽 엎드려 절까지 했다.

"한잔 받으십시오, 형님."

주거니, 받거니, 변삼용과 김사연은 신이 났다. 이미 불타는 고구마가 된 변삼용은 시종일관 벌쭉, 벌쭉 웃었다. 형수님은 아이를 재우러 방에 들어가고 세 사람만 술상 앞에 남았다.

"형님, 참 대단하십니다. 형수님이 미인인 줄은 알았지만 오늘 보니 음식 솜씨도 이렇게 훌륭하시고. 참 재주도 좋으시지."

"그래그래. 삼용이, 자네도 이제 결혼해서 귀여운 자식새끼도 보고 그래야지."

"아잉~." 불판 위의 쭈꾸미처럼 몸을 비트는 변삼용. 원구가 다 부끄러울 지경이었다.

"비결이 뭡니까? 형님?"

"아무래도……, 외모?"

잠시 할 말을 잃었던 변삼용은 이내 "우하하하. 참 농담도, 형님은……." 하며 술잔을 단숨에 비웠다.

"원래 미인과 소년은 로커를 동경하는 법이거든. 안 그러냐?"

이건 원구에게 던진 질문. 원구도 "우하하하……" 웃으며 물잔을 단숨에 비웠다.

"형님, 기억나십니까? 우리 같이 목욕관리사로 일할 때……."

"그럼, 그때 자네가 내 빤스도 참 많이 빨아줬지."

"형님, 그건 제 빤슨데 형님이 그냥 막 입으신 겁니다."

"그랬나? 아하하……. 쪼잔하게 그걸 마음속에 담아 두고 있었나. 아하하……."

"쪼잔하다뇨. 형님이 제 빤스를 다 입으셔서 저는 홀랑 벗고 때를 밀지 않았습니까. 아하하하."

김사연이 노려보는 바람에 변삼용은 웃음을 뚝 그쳤다.

"형님 음악 그만두고 나서는 이런저런 일들로 참 힘들었는데, 아무튼 이렇게 사시는 것 보니 참 보기 좋습니다. 그런데 형님, 정말 음악 다시 안 하실 겁니까?"

변삼용은 김사연 옆에 세워둔 기타를 힐끗 보며 말했다. 김사연은 훌쩍 술잔만 비웠다.

"아까워서 그럽니다, 아까워서. 형님, 대단했지 않습니까? 형님이 기타 줄만 튕기면 여자들이 줄줄이 기절해서 실려나가곤 하지 않았습니까?"

"뭐, 그런 다 지난 옛날얘기를……. 조금 더 해봐."

"그게, 그 나이트클럽 안이 환기가 너무 안 돼서 그랬죠, 아마?"

"그만큼 나를 보러 관중이 많이 모였다는 거지, 아하하."

"그, 그렇죠. 아무튼 대단했죠. 그 당시 신중현과 겨룰 만한 사람은 형님뿐 아니었습니까?"

"실력이나 외모나 내가 중현이 형님보다는 훨 나았지."

변삼용은 고개를 갸우뚱했다가 바로 "아하하" 어색한 웃음을 호탕하게 날렸다.

김사연이 화장실에 간 사이에 원구가 변삼용에게 물었다.

"저 아재는 뭣 땜시 음악을 그만둔 건디?"

변삼용은 화장실 문을 힐끗 보며 목소리를 낮추더니 "이건 비밀인데……" 라고 말했지만 말하고 싶어서 죽는 얼굴.

"저 형님이 원조시다, 원조. 표절 가수 1호다. 두 번째 앨범이 외국 곡을 싸그리 카피한 거지. 자의로 은퇴한 게 아니라 가요계에서 퇴출당한 거지, 퇴출."

묻지 않은 것까지 나불나불 다 분다. 쏴아, 물 내리는 소리가 들리자 변삼용이 황급히 입을 다물었다.

"표절이 뭐여?"

변삼용이 원구의 입을 틀어막았지만 이미 늦었다. 변삼용의 불타는 고구마 같던 얼굴이 카레 냄비에 담갔다 꺼내 놓은 것처럼 노랗게 변했다.

"어, 그 얘기였나?"

다시 상 앞에 앉은 김사연이 남은 맥주를 쭉 들이켰다.

"남의 곡을 도둑질하는 거지."

변삼용이 잽싸게 채운 맥주를 또 단숨에 쭉.

"거기다 사기까지. 내 곡인 양하고 사람들을 속였으니 나는 별이 두 개인 셈이지. 아하하……."

"형님, 사실 그 정도 리프 안 딴 노래가 어디 있습니까?"

"말은 바로 하자고. 나는 리프 몇 개 딴 게 아니라 홀랑 다 베꼈지. '모 아니면 도' 거든. 어설프게는 안 하지."

"아무래도 좀 심하긴 심했죠. 티 안 나게 살짝살짝 땄어야 하는데 말이죠."

정말 안타깝다는 듯, 입맛을 다시는 변삼용.

"응. 거기다 내가 두루두루 윗사람들에게 미움을 받았잖나. 단단히 벼르던 차에 잘 걸렸다 싶었겠지."

"워낙 반골 기질이 있으셨으니까요. 하지만 형님, 그게 바로 록 정신 아닙니까? 미인이라고 하면 다이아몬드, 신사라면 시가, 로커라고 하면 역시 저항이 옵션 아닙니까?"

"그래, 나도 말이야. 그게 끝일 줄 몰랐지. 그런데 그게 주홍글씨더란 말이야. 한번 낙인찍히고 나니 헤어날 길이 없어."

변삼용은 말없이 맥주를 홀짝거리다 담배를 피우러 베란다 문을 열고 나갔다.

"삼용이가 자네를 가수 시켜준다고 하던가?"

원구가 고개를 끄덕였다.

"저 녀석, 뻥만 세가지고. 뜬구름 그만 잡고 착실하게 살았으면 좋겠는데. 쉽지는 않을 거다. 이게 마약 같은 거거든. 한번 발을 들이면 헤어나기가 힘들어. 자네도 이쪽에 괜히 발 담그지 말고 공부 열심히 해서 좋은 대학 가서 대기업이나 취직해. 남들 사는 것처럼 살아, 그냥. 그게 좋아."

"노래는 남 따라 하믄 안 된다믄서 남 따라 사는 건 좋은 거여?"

김사연이 원구의 얼굴을 뚫어지게 바라보았다. 원구는 저도 모르게 흠칫 물러나 앉았다.

"이미 자네는 표절 인생 아닌가? 다른 사람 노래 그대로 따라 하는 것 말고 할 줄 아는 게 있는가?"

원구의 뺨이 딱딱해졌다.

"집중력도 뛰어나고 다행히 목소리도 타고났어. 하지만 그뿐이야. 자네는 노래 부르는 게 아니야."

"그라믄 뭐여? 내가 부르는 건 뭐디?"

김사연은 원구의 얼굴을 빤히 들여다보았다. 원시림. 김사연은 원구에게서 그런 느낌을 받았다. 아무도 들어가보지 않은 깊은 숲. 아무런 자극도 받지 않고 훼손되지 않은 원시림이다. 야성을 잃지 않은 동물의 살아 있는 눈빛, 원구는 그것을 가지고 있다. 하지만 우리에 갇힌 동물은 대개는 이내 제 본모습을 잊고 마는 법이다. 그것이 우리 안에서 살아남는 방법이니까. 김사연은 종종 우리 안의 삶에 적응하지 못하고 죽어나가는 동물을 보며 연민을 느끼곤 했다. 문득 자신의 모습을 엿보았던 것이다. 당돌하게 묻고 있는 눈앞의 소년에게서 김사연은 설핏 그때의 감정이 되살아났다.

"자네는 지금 아주 성능이 뛰어난 기계와 같아. 완벽히 복제하는 기능을 가진 기계. 하지만 그건 자네의 노래가 아니지. 요행히 가수는 될 수 있다고 하더라도 그뿐이야. 하지만 그건 역시 절도에 사기 행각이라고. 자네, 제일 무서운 게 뭔 줄 아나?"

대답도 기다리지 않고 김사연이 거침없이 말을 이었다.

"제일 무서운 건 자기 자신을 속이는 거야. 그럼 인간으로서는 끝까지 간 거야. 표절했다는 게 밝혀지자 주위에서 비난이 심했지. 물론 그것도 무서웠지. 한때 열광하던 사람들이 다 등 돌리고 손가락질하는 게 견딜 수 없었어. 하지만 사실 참을 수 없는 건 내 자신이었어. 뭐랄까…… 가오가 안 산다고 할까?"

김사연이 폼 나게 맥주를 단숨에 들이켰다.

"로커의 생명은 자존심이야. 그게 한방에 간 거지. 뮤지션을 구속할 수 있는 건 아무것도 없어. 음악을 규정지을 수 있는 건 어떤 것도 없다 이거지. 하지만 로커는 스스로의 규칙을 따른단 말이야. 로커의 규칙이란 바로……"

김사연이 비장한 표정으로 잠시 숨을 골랐다. 골똘히 생각에 잠긴 것이 로커의 규칙을 즉석에서 만들고 있는 게 아닌가 싶었다.

"로커의 규칙이란 바로 '폼생폼사'다. 폼 때문에 살고 폼 때문에 죽는 거다. 적어도 좋다. 방금 이 말."

아무래도 적기를 기다리는 것 같아서 원구는 주위를 살폈다.

"저, 종이랑 볼펜 좀……."

"마음에 새겨라. 그러니까 난 표절한 순간 죽은 거야. 음악은 뭔가? 자신을 표현하는 것 아닌가? 그런데 나를 포기했으니 나는 음악적으로나, 인간으로서나 사망한 거지. 그것 참, 부끄러운 짓이었어."

"……."

"그 뒤로 기타에서 완전히 손을 뗐지. 20년 가까이 음악하고는 담 쌓고 살았지. 음악을 듣지도 않았어. 듣는 것조차 괴로웠으니까."

기타로 향한 원구 시선을 눈치 챈 김사연이 '쩝' 입맛을 다셨다.

"어느 날, 아들놈이 노래를 하는 거야. 가슴 한구석이 뭉클해지더군. 그런 걸 감동이라고 하겠지. 다시 기타를 잡고 싶더라고. 아이의 동요에 맞춰 반주하는 것뿐이지만. 최소한 부끄럽지는 않아. 이건 진짜거든."

"진짜……?"

"이봐, 자네. 사람들은 안다고. 잘 부른 노래는 현혹시킬 수는 있지만 감동시킬 수는 없어. 감동은 진실에서 오는 거거든. 음악은 말이지…… 거짓말이 안 통해. 방금 이 말도 놓치기 아까운 멋진 말이었다."

원구는 최대한 감동을 담아 고개를 끄덕였다.

"흉내로 속일 생각일랑 말고 로커답게 훅! 폼 나게 팍! 정면 승부 하란 말이야. 알겠나?"

"……."

"모르는 표정이군. 진짜 노래를 부르라고."

"그것이 워쩌케 하는 건디?"

"자네 목소리를 찾는 거지."

"긍게, 그 방법이 뭐냐고?"

"소리가 나기 위해서는 먼저 뭐가 필요한지 아나? 그렇게 계속 멍청한 표정만 짓고 있지 말라고. 먼저 침묵이 있어야 소리가 차오르는 법이라네."

잠시 원구와 김사연 사이에 침묵이 흘렀다. 원구가 뒤통수를 벅벅 긁다 입을 열었다.

"아, 뭔 소리여? 깝깝스러 죽겄구만!"

"자네, 참 이해력이……. 자네, 진짜 노래를 하고 싶은가? 그렇다면 가진 걸 다 버려."

"뭘 버리라는 거여?"

"싸그리 다 버려. 버리지 않고서는 아무것도 얻을 수 없어."

원구는 멍한 눈으로 김사연을 쳐다보았다. 그때 베란다 문을 열고 변삼용이 들어와 냉큼 앉았다.

"둘이 무슨 이야기를 그렇게 재미있게 하셨습니까?"

변삼용은 뭐가 좋은지 연방 실실 웃었다. 김사연은 말없이 맥주잔을 비웠다.

"어, 너 왜 그러냐? 오줌 마렵냐?"

변삼용이 다리를 배배 꼬고 있는 원구에게 물었다. 원구는 고개를 가로저었다.

"뭐, 막 다리를 꼬는 것이 오줌 마렵구만."

"아녀, 아녀."

"뭘 그런 걸 참고 그러냐. 가서 싸고 와. 오줌 참으면 병 돼."

"나 화장실 가면 내 흉 볼라고!"

변삼용과 김사연은 어리둥절한 표정으로 마주 보더니 "아냐, 아냐, 우릴 뭘로 보냐. 걱정 말고 다녀와."라고 입 모아 말했다. 원구가 바짓가랑이를 움켜잡고 화장실로 우당탕 뛰어가자마자 김사연이 입을 열었다.

"재목은 나쁘지 않은데……."

"그렇죠, 형님? 싹수가 있죠?"라며 변삼용이 벙긋거렸다.

"자네는 저 아이를 어떻게 생각하나? 단순히 가수를 만들고 싶을 뿐인가?"

"네? 저, 저는 그냥……."

"뭐, 그래도 상관없지. 춤도 좀 추게 하고 쇼프로그램에 나가 재주넘기도 하고 그렇게 만들면 되지."

"그럴 날이 올까 싶습니다."

"자네 할 줄 아는 게 그것뿐이잖은가. 죽어라 하면 언젠가는 되겠지. 대충 가수 비슷한 꼴은 만들어 놓겠지. 저놈 환갑 전에는 아무래도, 되지 않겠나? 하지만 저 아이가 정말 제대로 노래하게 만들고 싶은 생각이 있다면 그냥 내버려둬."

변삼용은 눈을 끔벅거리며 마른세수를 했다.

"지금 저 아이에게는 보컬 트레이닝이 뭐고 다 쓸데없는 짓이야. 내가 꼭 귀찮아서 그런 건 아니야. 좀 귀찮은 것도 사실이지만. 아무튼 뭔가 가르친다면 그래, 저 아이는 지금 백지 같은 상태니까 무엇이든 빠르게 흡수하겠지. 하지만 결과적으로 저 아이를 망칠 뿐이야. 지금 저 아이에게 필요한 건 스스로 찾고 깨닫는 거야. 혼자 벽에 부딪혀 봐야 해. 남들보다 더 큰 충격으로 느껴지겠지. 물론 그러다 나가떨어질 수도 있어. 하지만 그것 역시 저 아이가 선택할 문제야."

"그럼, 저는 아무것도 하지 말란 말씀입니까?"

"가끔 물이나 줘."

변삼용은 어째 자신이 큰 벽 앞에 서 있는 듯한 기분이 들었다. 그때 원구가 화장실 문을 박차고 잽싸게 뛰어나와 앉았다.

"뭔 얘기 한겨?"

"어……, 식물과 환경."

· · ·

"야, 또 빨래하냐?"

만수가 계단을 무너뜨리려 작정이라도 한 듯 우당탕 올라오며 외쳤다. 원구가 담요를 광합성 시키려던 참이었다.

"코끼리 아저씨한테 보컬 트레이닝 잘 받았냐?"

원구는 빨랫줄에 넌 담요를 방망이로 '팡팡' 소리 나게 두들기며 말했다.

"분리수거……하지 말고 몽창 갖다 버리라더만."

"뭔 소리야? 사장님은? 사장님~. 만수 왔어요, 사장님~."

"어제 엄청 마시더만 아직꺼정 꿈나라여. 너는 또 학교 안 가고 아침 댓바람부터 왔다냐?"

"놀토라니까, 놀토."

"어? 오늘 토요일이여?"

"아주 세월아 네월아 하는구나. 너 오디션 며칠 남지도 않았는데 준비 안 해? 뭐 부를 거냐? 빨리 정해야 내가 안무를 짜든지 할 거 아니냐? 야, 우리 회의 좀 하자."

"뭔 회의?"

"슈퍼스타 프로젝트 오디션 대책회의. 우리가 저번에는 아무 전략 없이 갔다가 개망신 떤 것 아니냐. 일단 곡 선정부터 하자. 댄스곡으로 해라. 신나는 곡으로."

"신나는 곡?"

"너, 그 괴상한 노래 다시는 부를 생각도 하지 마!" 만수가 꽥 소리 질렀다.

한참을 멀거니 앉아 있던 원구가 입을 열었다.

"만수야, 핼리혜성 성님들이 자주 놀러 오라고 했쟈?"

"그래서?"

"아니, 안 간 지 한참 된 것 같아서."

"야, 내 앞에서 홍대 얘기도 하지 마. 내가 요즘 홍대 쪽으로는 오줌도 안 싼다."

"그래도 사람이 그라믄 안 되지. 잘 놀고, 잘 얻어묵고 입을 싹 씻냐?"

"아, 뭐? 가고 싶으면 너 혼자 가!"

"핼리혜성 공연 한번 보믄 곡 선정에 상당한 도움이 될 것 같은디……"

"아이씨, 옷이나 갈아입고 나와."

잠시 후 원구와 만수는 우당탕, 소리도 요란하게 계단을 뛰어내려갔다.

놀이터에 우주폭발대마왕긴꼬리핼리혜성은 없었다. 대신 밴드가 있던 자리를 깡통 하나가 지키고 있었다. 다가가 보니 깡통에 달랑 붙어 있는 종이 한 장.

>오늘 내부 사정상 우주폭발대마왕긴꼬리핼리혜성 공연은 하루 쉽니다. 다음주에 더 좋은 모습으로 찾아뵙겠습니다. 깡통은 신경 쓰지 마시고요, 예~. Peace!

내부 사정? 내부라면 역시 통닭집. 원구와 만수는 통닭집으로 달려갔다. 시간이 일러서인지 통닭집은 텅 비어 있었다. 원구와 만수가 우물쭈물하며 서 있는데 주방에서 나오는 사람이 있었다. 머리에 두건, 팔에 문신, 드러머 사장님.
"어, 너희들. 오랜만이다!"
행주를 흔들며 반겨주는 사장님.
"치킨 먹으러 왔냐? 프라이드? 양념?"
"아니구만. 닭 묵으러 온 것은 아니고……. 오늘 공연 안 혀?"
"어, 오늘은 공연 안 해."
"뭣 땜시?"
"우리 오늘 놀러 간다." 사장은 춤이라도 덩실덩실 출 듯했다. "다른 멤버들은 벌써 다 떠났다. 나도 민상만 오면 같이 갈 거다.

에헤헤헤~."

민상? 원구와 만수는 의미심장한 눈빛을 교환했다.

"핼리혜성 형님들은 지금 믿는 도끼에 심하게 발등 찍히셨어요."

"그게 무슨 소리야?"

백설기처럼 순진무구한 얼굴의 사장.

"민상, 그 녀석이 요즘 어디로 들락거리는지 아세요? BJ엔터테인먼트라고 아시죠? 실력도 없는 양아치들이 텔레비전 한번 나가보려고 우글우글 몰려 있는 데 있잖아요. 거기서 제가 두 눈으로 똑똑히 봤다고요."

"어, 알아."

역시나 쿨하게 웃어주시는 사장.

"알고 계셨다고요? 그러면서도 핼리혜성 형님들은 민상하고 같이 놀러 가신다고요?"

만수가 따져 물었다.

"하고 싶은 거 한다는데 뭐가 문제야? 이제 몇 시간 뒤면 지산 록 페스티벌에 갈 수 있다. 다른 멤버들은 벌써부터 자리 잡고 텐트 치고 있지. 일요일까지 쭉 있을 거다. 우히히히."

사장은 덩실덩실 춤추기 시작했다.

원구와 만수는 테이블 하나를 차지하고 앉아 사장이 내온 팝콘을 씹으며 민상을 기다렸다.

"야, 너 그 자식은 왜 만나려는 거냐? 나는 그 자식 낯짝도 보기 싫다."

"……."

"뭔데 말을 못해? 너 덥냐? 에어컨이 이렇게 빵빵한데 가만 앉아서 왜 얼굴이 빨개지고 그러냐? 어, 너, 너, 설마……."

만수가 벌떡 일어나더니 팔을 가위표로 만들어 몸을 가렸다.

"너, 혹시…… 그런 거냐? 그런 거야? 끼요오오옷~."

만수가 소리를 지르며 가게 구석으로 달아났다가 테이블로 돌아왔다.

"너 민상이 그렇게 좋냐? 사내자식이라도 좋아? 너 원래……, 그거냐? 아니면 안 믿어지냐? 그래, 믿어지지 않겠지. 나도 보기 전에는 상상조차 못했으니까. 민상, 오기만 해봐라. 빤스를 홀랑 벗겨서 그놈의 정체를 속속들이 밝혀주마."

그때 문 열리는 소리가 들리더니 어두운 통닭집에 한줄기 광선과 함께 민상이 나타났다. 웃으며 들어오던 민상의 표정이 원구와 만수를 보고 굳었다. 역시 켕기는 게 있는 얼굴이었다.

"너 만나러 왔단다. 민상 만나러 오는 팬들이 어디 한둘이어야지, 하하하. 통닭도 안 시키고 기다리는 염치 좋은 애들은 너희들뿐일 거다. 하하하……."

사장이 민상을 반기며 말했다.

민상이 원구와 만수를 향해 물었다.

"사인해줘?"

기세등등하던 것과 달리 만수는 얼굴만 붉히다 원구의 옆구리를 쿡쿡 찔렀다.

"사인 같은 거 필요 없구만."

"그래, 필요 없다!"

"그래? 그럼 말고."

어느 틈에 사장이 산더미 같은 통닭 상자를 안고 어서 가자며 싱글벙글했다. 민상과 사장이 출구 쪽으로 걸어갔다. 원구와 만수는 여전히 굳은 상태.

"야!"

만수가 빽, 소리 질렀다.

민상이 고개를 돌리더니 말했다.

"왜? 너희도 갈래?"

원구와 만수는 쏜살같이 뒤따라나가 문신 드러머 사장의 성냥갑만 한 소형차에 올라탔다. 차는 거북이처럼 엉금엉금 기어 밀리는 주말 오후의 고속도로를 영차영차 달렸다. 귀가 터질 듯한 음악소리에 작은 차가 흔들리는 것만 같다. 드러머 사장님은 고래고래 소리 지르며 노래를 따라 부르고, 민상은 고개로 장단을 맞췄다. 살랑살랑, 민상의 긴 머리가 흔들거렸다. 레드 썬, 한 듯 이내 소르르 잠이 쏟아졌다.

・・・

음악소리도, 차도 멈췄다고 생각한 순간, 눈을 뜨니 어둠에 물든 광장이 눈앞에 펼쳐졌다. 광장에는 반딧불이 가득했다. 아니, 자세히 보니 그건 텐트 앞에 켜둔 랜턴 불빛이었다. 너른 풀밭 위로 발 디딜 틈 없이 텐트가 줄지어 있었다. 텐트 사이로 수많은 사람들의 그림자. 멀리 눈부신 불빛이 보였다.

비행접시다. 광활한 대지 위에 불시착한 비행접시. 비행접시로부터 '둥둥둥' 광장을 단숨에 가로질러 노래가 강타해왔다. 노래가 휩쓸고 간 광장에 사람들의 물결이 하얗게 일어났다. 엄청난 함성. 폭발하는 열기.

원구는 미동도 하지 않았다. 슈퍼맨이 지구를 거꾸로 돌리고 있다고 해도 전혀 눈치 채지 못할 정도였다. 원구의 눈과 귀는 무대와 무대 위의 가수가 부르는 노래에 완전히 집중되어 있었다. 충격에 숨이 멎을 듯했다. 천둥보다 한단계 높은 데시벨에 귀가 먹먹해졌다. 사로잡혀버렸다. 무대 위에서 뿜어나오는 힘에, 그리고 무대 아래에서 들끓는 열기에.

노래 부르던 보컬이 무대를 달려 관중 속에 그대로 몸을 날렸다.

터질 것 같은 함성소리가 나더니 보컬의 몸이 사람들 머리 위로 붕 떠올랐다. 관중들이 만들어내는 물결 위에서 보컬은 파도를 타더니 다시 무대 위로 올라갔다. 다시 폭풍처럼 노래가 시작되었다. 머릿속이 하얗게 되어버렸다. 원구는 바다 앞에 서 있는 기분이었다. 해일이 엄청나게 몰아치는 바다. 금방이라도 몸을 날름 삼켜버릴 듯한 파도 앞에 혼자 서 있는 기분. 몸이 부들부들 떨렸다. 뭔지 모르지만 아찔했다. 죽을 것처럼. 이대로라면 죽어버려도 좋다는 생각이 들었다.

펑펑, 하늘 가득 불꽃이 피어나기 시작했다. 푸른색 꼬리를 달고 올라간 불똥이 팟, 노란 꽃을 피웠다. 다음은 오렌지, 다음은 빨강, 초록……. 원구의 뺨이 불꽃에 물들어 카멜레온처럼 변했다. 공연은 끝이 났다. 하지만 온몸을 짜릿하게 한 전율은 사라지지 않았다. 번개를 맞은 것처럼 원구의 몸은 가늘게 떨리고 있었다.

어느 틈에 사람들 사이에 끼어 앉았는지도 몰랐다. 정신을 차리고 보니 원구는 잔디밭 위에서 닭다리를 들고 있었다. 우주폭발대 마왕긴꼬리핼리혜성 멤버들과 민상까지 모두 통닭 상자를 가운데 두고 둥글게 둘러앉아 있었다.

"야, 민상 너도 일찍 왔으면 좋았을 텐데. 낮에도 좋았거든. 뭐, 괜찮아. 하이라이트는 놓치지 않았으니까."

노랑머리 비트박스 말에 민상이 고개를 끄덕였다.

"역시 펫샵 보이즈 형님들이야. 그 연세에도 어찌나 힘이 넘치던지. 염통이 벌렁벌렁했다니까."

모히컨이 가슴을 쥐어뜯으며 말했다.

"펫샵 보이즈가 누군데요?"

뼈까지 모조리 먹어치우는 묘기로 형님들의 귀여움을 한몸에 받고 있던 만수가 닭 모가지에 도전하다가 물었다.

"맨 처음 나온 듀오."

"아, 임금님 망토 입고 월드컵 응원가 부른 아저씨들?"

"아, 그렇지. 그 응원가가 원래 펫샵 보이즈의 〈Go, West〉란 노래야."

"정말요? 나는 미국 사람들이 한국 노래도 참 잘 부른다 했는데!"

완전히 감동한 표정의 만수. 멤버들의 하이에나 같은 웃음이 터져나왔다. 원구는 슬며시 일어나 웃음소리를 뒤로 하고 자리를 빠져나왔다.

조금 전까지 비행접시처럼 빛나던 원형 무대는 어둠에 잠겨 있었다. 마지막 밴드가 떠나고 난 무대는 짐승처럼 숨을 죽이고 있었다. 원구는 무대를 받치고 있는 철제 기둥을 쓰다듬었다. 차가운 기운이 손바닥에 전해졌다. 무대를 달궜던 뜨거운 열기가 다시 떠올랐다. 상당히 높다. 이 정도 높이라면 뛰어내리는 데 필요한 건

용기, 보다는 아무래도 똘기. 원구는 무대 아래를 손바닥으로 쓸며 천천히 무대 둘레를 돌았다. 한바퀴 돌고 무대 정면으로 돌아가자 거기에 민상이 서 있었다.

민상의 눈은 어두운 무대 한가운데로 향하고 있었다. 긴 머리카락이 목 뒤로 흘러내린 민상의 옆모습이 희미한 달빛을 받아 또렷한 선을 그리고 있었다. 민상이 고개를 돌리고 물었다.

"재밌었냐?"

"……죽이더만."

"너희 BJ 사무실 와서 한건 하고 갔다며?" 민상이 생글거렸다.

"뭔 상관이여?" 원구가 빽, 소리 질렀다.

"누가 상관한대? 그런데…… 오호호호호." 민상이 미친 듯, 웃기 시작했다. "아, 미안, 미안. 상상돼서……. 큭큭큭, 오호호호."

겨우 진정된 민상에게 원구가 물었다.

"너 딴짓 허고 댕기는 거, 핼리혜성 사람들은 뭐라고 안 혀?"

"응? 아, 그럼. 내가 기획사 들어갈 때 응모 음악 반주도 형들이 다 해줬는데?"

"기획사는 뭣 헐라고 들어갔다냐?"

"가수 만들어준다는데, 그것도 시시한 가수 아닌 아이돌 스타. 좋잖아. 가장 확실한 단기 속성 코스야. 그러니까 그렇게 들어가려고 애들이 목을 매지."

"핼리혜성은 때려치울라고?"

"당분간 거리공연은 자제해야겠지. 한동안은 기획사 말 좀 잘 들어주지, 뭐. 그게 계약이니까."

"꼭 그러고 아이돌 가수가 되고 싶냐?"

"왜? 너도 오디션 본다며? 아이돌 가수 되고 싶은 거 아냐?"

"……."

그때 원구의 뺨에 물이 한방울 뚝 떨어졌다.

"비다!"

민상의 말이 신호라도 된 듯 갑자기 굵은 빗줄기가 세차게 내리기 시작했다.

삽시간에 몸이 흠뻑 젖어 버렸다.

"무대 위로 올라가자."

민상은 이미 무대 끝을 잡고 올라가고 있었다. 열기가 가시지 않은 뜨거운 대지 위에 내리는 비는 희미한 안개를 피워 올렸다. 마지막 무대를 가득 메운 스모크 효과처럼. 젖은 몸에서도 호빵처럼 김이 모락모락 솟아올랐다. 텐트 주위에서 들려오던 소음은 빗소리에 지워졌다. 원구와 민상은 무대 위 천막을 우산 삼아 웅크리고 앉아 비를 피했다.

빗줄기가 더 거세어지고 있었다. 바람에 실려 온 빗방울이 원구의 얼굴에 흩날렸다. 기분 좋다, 이거. 빗속에서 비릿한 냄새가 풍겼다. 풀 냄새와 어딘가 먼 곳에 있는 강물 냄새. 바다 냄새 같기도 했다.

문득 원구는 아침에 옥상에 널어둔 이불이 걱정됐다. 아재가 이불을 걷을 사람이 아닌데. 아차차. 아재가 기다릴 텐데. 이렇게 비가 무섭게 쏟아지는데 돌아갈 수 있을까? 저 멀리 텐트의 불빛들이 물에 잠긴 듯 어릉거렸다. 비에 젖은 머리카락이 몇 가닥 민상의 이마에 달라붙어 있다. 입만 열지 않으면 역시 예쁘긴 예쁘다. 원구의 시선을 느꼈는지 민상이 고개를 돌리고 "왜?"라는 입모양을 지었다. 원구는 드디어 비밀을 풀 때라 생각했다.

"요런 거 물어보는 것이 쉽지는 않구만……." 원구는 얼굴이 붉어졌다. "니는 뭐간디 노래를 그 따구로 불른다냐?"

민상의 얼굴이 살짝 찌푸려졌다. "그 따구?"

"뭣 땜시 원래 노래랑 막 다르게 불르냐고?"

"왜, 그렇게 부르면 안 돼? 신났잖아. 뽕 갔잖아. 너, 초딩이냐? 왜 좋으면서 자꾸 싫은 척해?"

원구가 찌릿, 노려보았다. "순 폼이제?"

"폼 났지? 오호호. 아무나 그런다고 폼 나는 건 아니지. 이 민상이니까 폼 나는 거지. 오호호~."

"비결이……, 뭐여?"

"비결? 타고난 거지. 그게 뭐, 비결이 있나? 오호호호."

타고나기를 뻔뻔스럽게 난 놈에게 괜한 걸 물었다고 원구는 후회했다.

"나 말이야, 세상을 지배할 거야. 노래로 사람들을 내 마음대로 조종할 거야. 오호호호~."

민상은 타이타닉호에 올라 여자 후리던 디카프리오처럼 두 손을 활짝 펴고 소리쳤다. 아, 빗속에서 웃었다. 저런 부끄러운 소리를 지껄이다니. 머리에 꽃만 꽂으면 딱이다. 이놈은 아무래도 미친 거라는 생각이 원구의 머리를 강타했다.

"내가 태어나서 지금까지 열심히 해본 건 노래밖에 없어."

빗소리 사이에 민상의 진지한 목소리가 들려왔다. 갑자기 진지한 목소리라니, 원구는 어째 섬뜩했다.

"너 말야, 왜 아이돌 가수가 되고 싶냐고 물었지? 그건 미용실 원장님의 강력한 권유……는 아니고 핼리혜성 형들의 권유 때문이었어. 너, 그 눈빛은 뭐니?"

민상의 날카로운 목소리에 원구는 의혹의 눈초리를 얼른 거뒀다.

"핼리혜성 형들, 놀이터에서만 부르긴 아까운 실력이야. 형들은 노래 부르는 것만으로도 좋다고 하지만 그건 거짓말이지. 이런 무대 보면 피가 끓는 거 다 알고 있다고. 나도 말이지, 놀이터도 좋지만 언젠가는 이런 무대에 서고 싶어. 하지만 우리 같은 사람들에게는 노래할 기회조차 주어지지 않아. 열광하는 건 아이돌을 향해서일 뿐이지. 형들은 그런 걸 아니까 나를 내보낸 거야. 노래하고 싶으면 일단 아이돌 가수로 떠야 한다, 그게 이 세계의 진리야. 너, 보기보다 꽤 현명한 선택을 했어. 뭘 알고 하겠다는 건지는 모르겠지만."

"뭣이여? 시방 나를 실실 갖고 노는 것 같은디?"

"눈치는 제법 있네." 민상이 키득거렸다. "아이돌 스타는 잠깐이야. 반짝하기 무섭게 사라지지. 하긴 그 잠깐의 반짝도 하늘의 별 따기지만. 그래서 스탄가?"

"그란디……, 나는 잘 몰르겄구만. 아이돌이 뭐간디."

민상은 말없이 어둠속의 빗줄기만 쳐다보았다. 비는 여전히 거세게 퍼붓고 있다. 한참 후 민상이 입을 열었다.

"타협이 아니라 방법이라고 생각해, 나는. 기획사가 날 선택한 게 아니라 내가 기획사를 선택한 거야. 봐, 내가 핼리혜성이건 아이돌 가수건 변하지 않는 건 노래하고 있다는 거야. 껍데기가 뭐든 무슨 상관이야? 부르고 싶다면 부르는 거야."

"……"

"몰라, 네가 어느 정도 실력인지 나는 본 적이 없으니. 되든 안 되든 죽도록 해봐. 미친놈처럼. 노래로 사람을 미치게 하려면 먼저 너부터 미쳐야 해."

"딱 니맨치로?"

민상이 원구를 흘겨보다가 새침하게 말했다.

"노래는 부르는 게 아니야."

"그것은 또 뭔 귀신 씻나락 까먹는 소리여?"

"안 부르면 미칠 것 같니? 안 부르면 죽겠다 싶어? 그래?"

민상이 원구 쪽으로 팔을 쭉 내밀었다. 흠칫 놀라는 원구의 가슴에 민상이 손을 갖다 댔다. 일순 힘이 쭉 빠졌다.

"너, 공연 볼 때 심장이 어땠어? 그거야, 그것 때문에 하는 거야. 다른 건 난 몰라. 내가 했던 소리는 다 개소리야."

심장이 데인 것처럼 뜨거워졌다. 온몸이 타는 것 같았다.

• • •

변삼용은 컴퓨터를 켜고 킹스타 채널 홈페이지에 접속했다. 예선 신청 마감일은 앞으로 열흘 후. 아직 신청자는 단 한 명도 없다. 아마도 마감 하루 이틀 전에 참가 신청이 몰려들 것이다. 그 수가 얼마나 될지는 뚜껑을 열어봐야 알 수 있다.

예심은 무작위로 추출한 네티즌 심사위원단이 심사해 50개 팀을 선발한다. 무작위로 추출한 네티즌이란 게 뭐냔 말이다. 거기다 몇십만 개의 동영상을 제대로 볼 수나 있단 말인가. 변삼용은 모든 것이 의심쩍었다. 하지만 공정하게 심사가 될 것이라고 가정한다면 초반 몇 초 만에 판가름 날 것이다. 그 많은 동영상을 끝까지 보는 것은 불가능하기 때문이다. 강렬한 인상을 남길 초반 몇 초가 중요하다. 뭘, 어떻게 보여줘야 할까. 변삼용은 머리를 쥐어뜯을 뿐, 마땅한 수가 떠오르지 않았다.

그런데 원구 이 녀석 도대체 어디 간 거야? 시계의 작은바늘은 2자를 넘어 3자에 가까이 가고 있었다. 밖에는 비까지 내리고 있었다. 비오는 토요일 밤은 모처럼 대리운전의 피크가 되겠지만 간밤의 과음이 남긴 폭풍 설사 때문에 일찍 들어오고 말았다. 끙, 또 배에서 살살 신호가 왔다. 두루마리 화장지가 벌써 두 통째다. 화장실에서 나오니 머리가 핑 돈다. 뭘 좀 먹어야 하나. 아니, 그랬다가는 또 화장실로 직행할 텐데.

변삼용은 점점 초조해졌다. 진즉 곡을 정하고 연습을 시작해야 했다. 녹음실도 예약하고 녹음 전에 정식 반주에 맞춰 연습도 해야 한다. 거기다 비주얼 부분도 계획해야 하지 않는가. 그런데 원구 이 자식은 어디 간 거야? 정말 김사연이 말한 대로 그냥 지켜보기만 해도 되는 걸까?

변삼용은 지금 자기가 하고 있는 게 맞는지 확신이 없었다. 그간 로드매니저를 하면서 신인이 데뷔하는 것도 지켜봤고, 기획사 차려 음반도 내봤다. 하지만 그때는 조직 안에서 움직였다. 시스템에

충실히 따르면 됐다. 그런데 지금은 시스템 자체가 없다. 뭘 어떻게 해야 하는 걸까? 지금 내가 아마도…… 아무것도 못하고 있지? 단 하나, 내가 할 수 있는 건…… 단지 기다리는 것뿐. 원구가 노래 부르기를 말이다. 아니, 그보다는 먼저 원구가 집에 돌아오기를 기다려야 한다. 또 '꾸르륵' 신호가 오기 시작했다.

  비는 그쳤다. 새벽이 가까워지고 있는 시각이지만 하늘에 구름이 잔뜩 끼었는지 칠흑같이 어둡기만 했다. 깜빡 잠이 들었다가 일어나보니 여전히 원구는 없었다. 집 앞 골목까지만 나가려던 게 버스정류장 앞이었다.

  버스정류장 옆 가로등만이 희미한 불빛을 드리우고 있었다. 어디 가서 안 오는 게냐, 이 녀석. 돌아오기만 하면 혼쭐을 내 줄 테다. 시간이 지날수록 화가 가라앉은 마음에는 대신 걱정이 들어앉았다. 혹시 길이라도 잃은 건가. 전화라도 할 것이지. 아, 아무리 없는 살림이라지만 휴대폰 하나 해줄걸 그랬어. 만수랑 같이 있지 않을까? 만수 전화번호는 왜 저장조차 해두지 않은 거야. 이제 후회해봐야 뭘 해.

  버스정류장 의자에 앉아 어둑한 거리를 바라보는 변삼용에게 오만 가지 생각이 떠올랐다. 어디 갔을까? 혹시 섬으로 돌아간 건가. 엄마가 보고 싶었던 거냐? 건너편 섬, 민박집 아주머니가 들여다봐준다고 약속했다지만 늘 걱정됐을 거다. 당연하지. 그렇다고 말도 없이 정말 가버려? 아니야, 열심히 해보겠다고 전설의 로커까지 찾아가는 의욕을 보인 게 바로 엊그제인데? 혹시 김사연 형님이 원구에게 달리 무슨 말을 했나? 삼용이 밑에 있어 봐야 아~무 비전 없으니 빨리 다른 수를 찾아보라고? 뒤늦은 후회와 배신감이 번갈아 찾아왔다. 아니야, 설마. 그럴 녀석이 아니야. 또 배에서 신호가 오기 시작했다. 변삼용은 집을 향해 전속력으로 뛰었다.

화장실에서 한참 힘을 쓰고 나오니 원구가 방문 앞에 엎드려 누워 있었다.

"너 이 녀석, 어디 갔다 이제 와?"

버럭 소리를 질렀는데도 원구는 꼼짝도 하지 않았다.

"야, 일어나봐. 너, 자는 거냐? 신발도 안 벗고……."

변삼용은 원구를 바로 누이다가 깜짝 놀라고 말았다. 온몸이 비인지 땀인지 모르지만 푹 젖어 있었다. 몸도 뜨거웠다. 변삼용은 원구의 이마에 손을 대보았다. 불덩이다. 달걀이 익을 만큼 대단한 열이다. 변삼용은 원구를 안아서 이불 위에 눕혔다.

그대로 원구는 며칠간 일어나지 못했다.

"원구야, 원구야……."

잠결에 들려오는 목소리. 형, 형이야? 걱정이 가득한 엄마와 형의 얼굴. 점점 흐릿해졌다. 원구는 눈을 크게 뜨고 얼굴을 보려 했지만 안개가 낀 듯 점점 희미해지기만 했다. 일어나보려 해도 등

밑에서 수많은 손이 몸을 잡고 끌어당기는 것 같았다. 원구는 다시 까무룩 잠에 빠져들었다.

"원구야, 원구야, 정신 차리고 물 좀 마시자. 입 좀 벌려봐. 아~, 그렇지."

희미하게 어른거리는 형체.

"그래, 눈을 뜨는구나. 원구야, 정신 좀 차려봐!"

갈기머리 변삼용이 애처롭게 원구를 부르고 있었다.

미칠 듯한 허기를 느끼고 원구는 벌떡 일어났다. 변삼용이 끓여 놓은 흰 죽을 다 먹고 밥을 달라 해서 두 그릇을 뚝딱 해치웠다. 벽에 걸린 시계를 힐긋 보며 원구가 말했다.

"아침 묵으라고 깨웠어야제. 배고파 죽을 뻔했구만. 점심때가 훨씬 지났잖어."

"하~. 너, 얼마나 잔 줄 아냐? 닷새 동안이나 잤다."

"뭐여, 참말로? 그럼 오늘이 며칠이여? 오디션 마감일은 얼마나 남었능가?"

변삼용은 말없이 고개를 흔들었다. 한참 만에.

"닷새 남았다. 원구야, 이번에는 그냥 포기하자. 시간도 너무 촉박하고 너 몸도 안 좋은데……. 다음에도 기회는 있을 거다."

"내 몸은 암시랑도 안 혀. 아재, 만수는?"

"어, 어째 요새 며칠 안 보이더라."

변삼용 말이 끝나기도 전에 밖에서 "사장님~, 원구야, 노올~자."라는 소리가 들려왔다. 만수가 문을 벌컥 열고 들어왔다.

"너도 참 재주다. 친구가 병들고 외로울 때는 코빼기도 안 비치더니 어떻게 이렇게 타이밍을 맞추냐?"

남은 죽을 냄비째 다 퍼먹고 난 만수가 "학생이잖아요, 학생. 학생이 얼마나 바쁜지 모르시면 말씀을 마세요." 하면서 에헤헤 웃었다.

"사장님, 저는 몸과 마음의 준비 다 됐습니다. 곡은 정해놓으셨죠? 말씀만 하십쇼. 뭐, 불러요? 네? 네?"

만수의 코에 힘이 팍 들어가 있었다.

"끙~" 변삼용은 신음소리를 냈다. 변삼용이 한숨소리처럼 말을 뱉었다. "포기하자."

만수의 눈이 휘둥그레졌다.

"무슨 포기요? 오디션 포기요? 안 돼요!"

"보다시피 상황이 이렇잖냐. 닷새밖에 안 남았는데 원구도 이 꼴이고. 무리다. 사나이는 물러날 줄도 알아야 하는 법이다."

"원구, 안 되겠냐? 너 노래 잘하는 거 아무 거나 하나 해. 일단 참가는 해봐야지. 사나이가 칼을 뽑았으면 호박전이라도 부쳐야죠, 사장님."

"아재……."

호박전을 두고 옥신각신하던 두 사람이 원구를 돌아봤다.

"아재만 괜찮다면 오디션 해보고 싶구만."

원구의 얼굴을 한참 들여다보다 변삼용은 고개를 끄덕였다.

"나가는 거지? 끼요옷~. 됐어, 된 거야!"

만수가 이미 오디션 1등이라도 먹은 것처럼 기뻐 날뛰었다.

"그런데 우리에겐 시간이 별로 없다."

원구와 만수가 고개를 끄덕였다.

"최단 시간에 최대 효율을 볼 수 있는 방법을 찾아야 한다. 이 시점에서 우리가 할 수 있는 최선의 방법이란!"

원구와 만수의 기대에 찬 얼굴. 변삼용이 자신감 제로의 목소리로 입을 열었다.

"원구야, 너 부르고 싶은 노래 불러라. 아니, 아니, 제일 부르고 싶은 노래. 보통 사람한테 들려주지 않고 숨겨두었다 네 여자 친구한테만 들려주고 싶을 정도로 좋은 노래."

급격히 실망하는 표정의 원구와 만수. 변삼용이 뒤통수를 긁적이다 말했다.

"흠……, 그럼 원구야. 너 요전에 형님 댁에서 부른 노래 해볼래? 사실 그 노래는 똑같이 부를 수 있는 것만으로도 대단한 거거든. 너만의 창법을 보여줄 수 없다면 가장 뛰어난 보컬의 노래를 해보는 것이 최선의 방법일지도 모르지. 물론 통할지는 모르겠지만."

"뭔데요, 그게?"

"퀸의 〈보헤미안 랩소디〉."

원구가 만수에게 노래를 들려주는 동안 밖으로 나갔다가 한참 뒤에 들어온 변삼용은 고개를 저었다.

"안 되겠다. 전화해보니 녹음실이 죄다 스케줄이 꽉 찼대. 아마 오디션 참가자들이 예약해놨나봐."

"꼭 녹음실에서 녹음해야 혀?"

"꼭 그래야 한다는 건 아니지만 아무래도 우리가 녹음하는 것보다는 전문가들이 하는 게 낫지."

"비디오로 찍으믄 된담서? 아재가 찍어줘."

"그러면 음질이 아무래도 떨어질 텐데. 반주도 문제인데. 사연이 형님한테 부탁해야 하나?"

"〈보헤미안 랩소디〉의 첫 부분은 피아노로 연주하재?"

"그렇지."

"그라믄 피아노로 연주하면 되겠네."

"원구 너 피아노 칠 줄 알아?"

"어, 학교에서 배웠응게. 〈학교 종〉 칠 줄 알어."

만수가 원구의 배를 강타했다.

"야, 나는 〈젓가락 행진곡〉도 칠 줄 안다."

"그라믄 니가 쳐."

"나는 춤을 춰야지!"

티격태격하는 둘을 보고 있던 변삼용은 조용히 방문을 열고 나갔다.

• • •

어둑한 밤이 돼서야 변삼용은 커다란 박스를 등에 지고 돌아왔다. 원구가 받아든 박스는 보기보다 묵직했다. 박스를 풀자 원구가 처음보는 게 나왔다.

"마스터 키보드다. 피아노랑 비슷한 소리를 내는 악기다."

원구가 건반을 눌러보았다.

"암 소리도 안 나는디?"

"어, 그건 컴퓨터랑 연결해야 소리 나는 거다."

변삼용이 한참 동안 끙끙대며 세팅을 마치자 키보드 앞에 원구가 섰다. 만수가 빨리 쳐보라고 재촉했다. 원구는 건반 하나를 살며시 눌렀다. 띵~. 소리가 나온다. 띵띵띵띵 땅땅땅~.

"야, 너 진짜 〈학교 종〉 치는 거냐? 비켜봐. 나도 좀 쳐보자. 사장님, 이거 기타 소리도 나오고 그런 거죠?"

"아니, 그건 신시사이저고 이건 그냥 피아노 소리만 나오는 거다. 작곡할 것도 아닌데 키보드면 되지."

"에이, 쓰시는 김에 좀 확 쓰시지. 이거 중고죠?"

"야 인마, 신시사이저가 한두 푼 하는 건지 아냐? 돈 들어갈 데가 얼마나 많은데? 너 한 번에 라면 다섯 개씩 끓여 먹는 돈 아끼면 신시사이저 사겠다."

"에이, 그걸 다 세고 계셨던 거예요? 사장님, 진짜 쫀쫀하시네."

변삼용과 만수가 티격태격하는 사이 흘러나오는 멜로디.

"어, 친다, 쳐."

제법 〈보헤미안 랩소디〉의 멜로디처럼 들리는 곡을 원구가 연주하고 있었다.

If I'm not back again this time tomorrow, carry on, carry on as if nothing really matters.

이 부분이다. 피아노가 솔로로 반주하는 부분. 프레디 머큐리는 이 부분에서 직접 건반을 두드리며 노래한다. 단순한 멜로디지만 그래서 목소리를 더 돋보이게 하는 부분. 이 부분까지는 좋다. 다음은 피아노 대신 기타가 중심이 된다. 속삭이는 듯했던 보컬이 폭발하듯 소리를 내지르고 기타 연주가 기다렸다는 듯이 쏟아져나와 줘야 한다.

아, 역시 무리다. 건반만으로는 역부족이다. 원구도 알아차린 듯 연주를 멈췄다. 만수 말대로 돈 좀 더 써서 신시사이저로 할걸 그랬나. 변삼용에게 뒤늦은 후회가 밀려왔다. 그래도 대단하다. 악보도 없이 들은 것만으로 연주해내다니. 앞으로 5일, 그사이에 어쩌면 대단한 게 나올지도 모른다고 변삼용은 내심 기대했다.

"그런데 사장님, 춤은 언제 들어가요? 포인트를 못 짚겠네."

"춤은 없지. 이건 록인데 춤이 들어갈 데가 없지."

"네?"

울상을 짓던 만수는 방문을 박차고 어두운 밤 속으로 울면서 달려나갔다. 원구는 만수의 뒷모습에 마음이 아팠다. 하지만 만수가 전속력으로 달려나간 건 '5초 내로 안 들어오면 패 죽이겠다'는 엄마의 문자를 받았기 때문이었다.

새벽이 될 때까지 원구는 키보드 앞에서 떠나지 않았다. 헤드폰을 끼고 건반을 치고 있었기에 소리는 안 들렸지만 원구가 움직이는 기척에 변삼용 역시 잠들지 못하고 있었다. 언제 앓았냐는 듯 쌩쌩한 원구의 체력과 집중력에 변삼용은 놀랐다. 보기보다 독한 녀석이다. 문득 배를 타고 섬을 떠나오던 날이 떠올랐다. 창백해진 얼굴로 내 손을 움켜쥐고 견뎌내던 녀석. 의지할 데 없는 섬에서 살아남은 녀석. 그 섬에서 변삼용이 원구에게서 본 것은 강인한 생명력이었다. 길들여지지 않은 야수 같은 생명력. 저 놈은 내가 아니더라도 뭐라도 해낼 놈이다.

원구는 어떻게든 반주와 노래를 해낼 것이다. 하지만 아무리 똑같이 부른다고 해도 원구의 노래는 원곡에 비하면 어딘가 모르게 힘이 떨어진다. 아직 발성법도 제대로 갖추지 않았으니 당연하다. 그리고 또 뭔가가 확실히 부족하다. 프레디 머큐리의 라이브 무대 녹화영상을 본 적이 있다. 긴 머리를 나부끼며 노래하는 그에게 사람들은 열광했다. 프레디 머큐리에게는 단숨에 사람들을 매료시키는 흡입력이 있었다. 원구에게는 그런 것이 없다. 기계가 아닌 인간이 부르는 노래, 원구는 그 방법을 찾아야 한다. 아침 햇살이 창문으로 스며들 무렵, 변삼용은 곯아 떨어졌다. 이윽고 키보드 앞에서 일어난 원구도 변삼용 옆에 푹 쓰러졌다. 이내 고단한 숨소리가 나기 시작했다.

･･･

오랜만에 맑은 하늘. 변삼용과 만수는 쭈쭈바를 빨며 평상 위에 사이좋게 앉아 있었다. 햇볕이 좋아서 광합성이라도 하려고 나온 게 아니라, 원구가 방에서 내쫓았기 때문이었다.

"원구가 이렇게 된 것 같아요."

만수가 손가락을 머리 위에서 빙글빙글 돌렸다.

"저 자식, 오디션이 피아노 콩쿠르인 줄 아는 거 아니에요? 노래는 안 하고 하루 종일 키보드만 눌러 대잖아요."

"끙~."

변삼용이 신음소리를 내뱉었다. 아닌 게 아니라 원구의 노랫소리를 한 번도 못 들었다. 아무리 반주도 중요하지만 메인 코스인 노래를 완전히 무시하고 있다. 변삼용은 애가 탔다.

매일 대리운전을 끝내고 새벽녘에 집에 돌아오면 원구는 곯아떨어져 있었다. 한번은 원구의 머리맡에 노트가 펼쳐져 있었다. 어, 일기인가? 올레! 역시 일기는 훔쳐보는 맛에 쓰는 거지. 노트를 휘리릭 넘겨본 변삼용의 얼굴이 빨갛게 물들었다.

원구, 이 녀석. 어쩌자고 이런. 이것은……. 인간의 글씨가 아니다. 변삼용은 원구의 자는 얼굴을 보고 혀를 끌끌 찼다. 괴발개발 쓴 글씨를 한참 걸려 분석해본 결과 대충 이런 내용이었다.

복식호흡. 배 아픈 거. 공명. 맥반석 달걀 맛 좋더만. 아재 눈은 새우눈.

뜻도 모르면서 짜라라짜. 아랫집 송충이. 전어, 숭어, 도다리, 먹고 잡다. 짜라라짜짜.

개나 소나 가수. 촌놈. 나쁜 놈. 아이돌, 아이돌. 뭐여. 아이돌이 뭣이간디.

만수 바보. 분리수거. 다 버려라. 폼생폼사. 표절 인생, 복사기, 내 목소리. 내 목소리.

핼리혜성. 스피릿. 통닭, 프라이드 반, 양념 반.

민상 미친놈. 미쳐, 미쳐, 미쳐부러. 죽고 잡냐…….

변삼용의 얼굴이 하얗게 변했다. 변삼용은 벌떡 일어나 싱크대 위에 놓여 있던 과도를 집어들어 선반 깊숙이 숨겼다. 굴러다니는 노끈도 주워 쓰레기통에 버렸다가 다시 주워 주머니 속에 넣었다. 배를 드러낸 채 태평스럽게 잠든 원구의 얼굴을 변삼용은 한참 동안 들여다봤다. 그렇게 괴로웠던 거냐? 죽고 싶을 정도로? 왜 그런데 내게 말을 안 해? 나한테는 얘기해야지……. 맥주 세 캔을 비우고서야 겨우 잠 들 수 있었던 그날 밤을 떠올리자 변삼용은 심난해졌다. 원구, 이 녀석 혹시 무슨 일 내는 게 아닐까?

· · ·

"사장님, 우리 회식 안 해요?"

됐다는 데도 새로 배운 춤을 보여주겠다고 혼자서 괜히 땀 빼던 만수. 내뱉는 족족 생뚱맞은 소리뿐이다.

"너, 눈치 없는 과장님마냥 무슨 회식을 그렇게 좋아하냐?"

"마음이 불안해서 그래요, 불안해서. 단합 차원으로다가 고기라도 먹어요, 네?"

"네 불안을 고기로 잠재우려면 돼지를 백만 마리는 잡아야 할 거다."

"아이, 백만 마리씩이나 어떻게 먹어요? 제가 돼지예요? 우헤헤헤."

변삼용은 담배를 입에 물었다. 불안하다, 역시. 이제 마감일은 앞으로 이틀 후. 녹화하기로 잡아놓은 날이 바로 내일이다. 변삼용은 힐끗 컨테이너박스를 쳐다봤다. 귀를 기울이면 가끔 '똥땅' 거리는 소리가 몇 번 들려왔지만 대개는 침묵할 뿐이다. 역시 기다려야 하는 건가? 가서 문을 활짝 열어젖히고 싶은 마음을 짓눌렀다. 기다려보자. 기다리는 거야. 그게 내 특기 아니냐.

"박스나 주우러 가자."

"왜요? 주워서 팔게요?"

신나서 계단을 뛰어 내려가는 만수 뒤를 변삼용은 내키지 않는 걸음으로 쫓았다.

방 안에 혼자 앉은 원구는 키보드를 가만히 눌렀다. 소리가 새어 나온다. 소리는 이내 멜로디가 된다. 원구는 입을 열었다. 목이 잠긴 듯, 쇳소리가 흘러나왔다. 모래를 삼킨 듯, 목 안이 껄끄럽다. 원구는 침을 삼키고 목을 가다듬었다. 조금은 나아진 소리가 흘러나왔다.

Is this the real life? Is this just fantasy?

　원구의 이마가 찌푸려졌다. 입에서 흘러나온 건 프레디 머큐리를 흉내 낸 목소리일 뿐이었다. 원구는 무대를 향해 열광하던 사람들의 환호소리를 떠올렸다. '네가 먼저 미쳐야 해.' 민상의 말이 들려왔다. 원구는 미친 듯이 머리를 뒤흔들었다. '모두 버려. 네 목소리를 찾아.' 김사연의 말이 머릿속에서 소용돌이친다.

　부르지 않으면 죽을 것 같은가? 원구는 스스로에게 물었다. 대답 대신 배에 탄 것처럼 욕지기가 일어났다. 원구는 눈을 질끈 감았다. 감은 눈 안으로 푸른 파도가 밀려온다. 바다 가운데 물길이 펼쳐졌다. 원구는 물길을 달리기 시작했다. 하지만 이상한 일이다. 아무리 달려도 섬은 더 멀리 달아난다. 갯벌에 물이 차오르기 시작한다. 달려도 달려도 섬은 작아져만 간다. 되돌아가려고 보니 반대편 섬도 아득히 멀어져 있다. 물이 걷잡을 수 없이 빠른 속도로 차오른다. 갯벌이 사라지기 시작한다. 원구는 물길 가운데 서 있었다. 돌아갈 수도, 앞으로 나아갈 수도 없다. 점점 물이 차오른다. 아아아……. 원구는 손등으로 눈가를 쓱 문질렀다.

　원구는 목청을 가다듬었다. 다시 노래가 흘러나온다. 아니, 아니. 고개를 젓는다. 키보드를 있는 힘껏 내려쳤다. 키보드가 비명을 질렀다. 불협화음이 귀를 찢을 듯이 파고들었다. 혼란스러운 소리가 벽에 거세게 부딪쳤다.

・・・

드디어 마감 전날. 변삼용은 방 벽에 종이박스와 계란판을 빈틈없이 붙인 다음 최근 치킨집으로 직종 변경한 친구한테 빌려온 캠코더를 들었다.

"벽에 이것이 뭐여? 귀신 나오겠네."

"잔말 마라. 방음장치 한 거다. 카메라 테스트 해보자."

"꼭 이거 입어야 혀?"

변삼용이 의상이라며 구해다준 옷은 당장이라도 공주를 구출하러 출동해야 할 것 같은 백마 탄 프린스 풍. 레이스가 겹겹이 달린 하얀색 블라우스에 허벅지가 딱 달라붙어 영 망측한 바지였다.

"야, 딱 프레디 머큐리다. 좋아, 좋아. 너 생각보다 화면발 잘 받는다~?"

원구는 너풀거리는 블라우스 소맷자락을 걷고 키보드에 손을 올렸다. 변삼용은 원구의 앞, 뒤, 옆을 종횡무진하며 카메라를 들이대며 예술혼을 불태웠다.

원구의 손가락을 따라 키보드에서 〈보헤미안 랩소디〉의 첫 소절이 흘러나왔다.

"좋은데, 좋아. 소리 좋다. 역시 방음장치를 하니까 다르다. 역시 계란판이 최고야. 이제 노래 한번 해봐라."

Is this the real life? Is this just fantasy?

"어라?" 변삼용이 눈에서 카메라를 떼고 고개를 갸웃했다. "너 목소리가 왜 그러냐? 다시 불러봐."

원구가 같은 소절을 불렀다.

"멀쩡하던 목소리가 갑자기 왜 그래? 곱디고운 목소리가 하루아침에 김과장 막걸리 동이째 들이켜고 노래방에서 열두 시간 노래 부른 것처럼 됐냐?"

"며칠 전부터 그러더만."

잘 들어보니 말하는 목소리도 예전과 달랐다.

"꼭 변성기처럼 쇳소리가 나네……. 변성기……?"

너, 너, 그래. 너, 변성기구나. 변성기가 왔구나. 왜 하필 지금 왔지? 아니, 그게 아니고 올 때가 됐으니 오는 게 당연하지만……. 하지만 오더라도 조금만 늦게 오지 왜 지금 하필? 변삼용은 맥이 탁 풀렸다.

"아재, 〈보헤미안 랩소디〉는 안 되겠구만."

미성으로 4옥타브를 넘나들어야 하는 노래. 프레디 머큐리가 파세타 창법으로 불렀던 노래는 원구가 아직 변성기를 거치지 않았기에 가능했던 노래였다. 변삼용은 할 말을 잃었다. 아, 이제 어쩌지. 나, 어쩐지 울 것 같아.

떨궜던 고개를 들고 원구가 말했다.

"아재, 다른 노래도 괜찮제?"

"다른 노래는…… 부를 수 있겠냐?"

우당탕, 요란하게 방문이 열렸다. 변삼용과 원구는 열린 문 쪽으로 고개를 돌렸다. 만수가 숨을 헐떡이고 있었다. 원구가 씩 웃으며 말했다.

"인자 시작하믄 되겠구만."

촬영은 방 안이 아닌 옥상에서 한다. 키보드 앞에 선 원구와 뒤에서 춤을 추는 만수를 잡는다. 처음과 끝은 하늘을 잡는 것뿐, 카메라는 움직이지 않고 처음부터 끝까지 같은 앵글로 두 사람을 촬영한다. 이것이 원구가 변삼용에게 부탁한 것이었다.

"잡음이 엄청날 거라고, 밖에서 찍으믄. 너 목소리도 제대로 안 나는데."

"괜찮응게 걱정 말어."

"아, 뭘 부르려고그래? 아니, 다른 애들은 다 녹음실에서 깨끗하게 녹음해서 낼 텐데. 아, 계란판 붙이느라 괜한 고생만 했잖아!"

"말을 허지. 난 몰랐구만."

황소고집에 변삼용은 두 손 두 발 다 들었다.

"몰라, 떨어져도. 맘대로 해라."

"사장님, 말이 씨가 된다고요. 그러지 마시고 우리 상큼하게 '레츠 고' 해요!"

세 사람은 옥상으로 나가 각자 위치에 섰다. 말은 안 했지만 세 사람 모두 '초긴장'이라고 얼굴에 쓰여 있다.

"슈, 슛 들어갈까?"

원구와 만수가 굳은 얼굴로 고개를 끄덕였다.

"오케이! 레디, 액션!"

만수가 기다렸다는 듯이 폴짝 허공을 향해 뛰어올랐다. 만수의 점프를 신호로 원구의 키보드가 스타트했다. 조용하게 전주 멜로디가 옥상에 퍼지기 시작했다. 원구가 입을 여는 순간.

"컷! 컷!"

변삼용이 요란하게 소리를 질렀다. 원구가 맹한 눈으로 변삼용을 쳐다봤다.

"입도 뻥긋 안 혔는디 뭣 땜시 컷 헌당가?"

"야, 네 놈들은 비주얼의 기본도 모르냐? 찡그리지 말고 웃으라고, 이놈들아! 초상났냐? 치약 광고에 나오는 놈처럼 상큼하게 웃어!"

원구는 하얀 이가 드러나게 씩 웃음을 지었다.

"그래, 그렇게 웃으라고! 오케이! 레디~, 액션!"
다시 전주가 흐르고 원구가 노래를 시작했다. 작게 미소를 띤 채.

사~랑의 아픔은 던져버리고, 짜라라짜짜짜.
내~게 남은 건 카드 고지서, 짜라라짜짜짜.

변삼용은 놀라서 캠코더를 떨어뜨릴 뻔했다. 저, 저 노래는. 〈사랑의 반창고〉. 너, 지금 뭐 하는 거냐? 제정신이……, 아닌 거지? 아이돌을 뽑는 오디션에 트로트라니. 떨어지기로 작정한 거냐? 오디션이 장난인 줄 알아? 노래를 지정해줘야 했어. 하지만 〈보헤미안 랩소디〉를 부를 줄만 알았지, 누가 예상이나 했나? 후회와 배신감이 쓰나미처럼 변삼용의 온몸을 훑고 지나갔다. 누가 뭐래도 울고만 싶은 기분. 너 변성기 온 김에 지금 반항하는 거냐?

백만년 맹세한 사랑의 약속, 약속, 약속.
백만년 고지서로 돌아오누나~, 짜라라짜짜.
저 하늘의 별들처럼, 저 바다의 광어처럼.
백년만년 난 넌 잊을 수 없어~, 우워어어어.

어, 그런데 저건 〈사랑의 반창고〉가 아니다. 변삼용은 귀를 의심했다. 가사는 비슷하지만 〈사랑의 반창고〉가 아니다. 애절한 트로트 멜로디로 시작한 건 첫 소절뿐. 이내 거칠면서 강한 비트로 바뀌었다. 키보드를 두드리는 원구가 온몸을 흔들고 있다. 저건…… 록이다. 강렬한 비트와 폭발적인 사운드. 완전한 록이다. 게다가 원구의 목소리는……. 저게 원구의 목소리란 말인가? 미성은 아니지만 허스키하면서도 강렬한 힘으로 가득 찬 목소리. 팽팽하게 긴장감으로 사로잡는 매력적인 보이스가 원구의 목에서 나오고 있다니.

변삼용은 촬영하고 있다는 것도 잊은 채 얼이 빠져 버렸다. 그런데 이 노래……, 어쩐지 마음이 찢어질 듯 아파온다. 구슬픈 트로트 곡을 들은 것처럼. 이렇게 록 비트가 강렬한 데도, 가슴을 뒤흔들어 놓다니. 몸속에서 뜨거운 것이 스멀스멀 북받쳐 올라왔다. 지난 일들이 주마등처럼 스쳐 지나갔다. 초라한 나이트클럽 무대 뒤에서 숨 죽여 기다리던 고단함과 드래곤엔터테인먼트 사무실에 첫발을 들이던 순간의 감격, 첫 음반이 나오던 날의 긴장과 자신의 손으로 키운 가수에게 쏟아지던 환호와 갈채. 캠코더를 잡은 손이 가늘게 떨려왔다.

이게, 이런 곡이었어? 이렇게 부를 수 있는 곡이었어? 어떻게 한 거야? 도대체 무슨 짓을 한 거야? 원구, 너…… 일냈구나!

첫 테이크가 끝났다. 변삼용은 카메라 오프 버튼을 누르는 것도 잊고 있다가 "사장님!" 하는 외침 소리에 정신을 차렸다.

"사장님, 저 잘 잡은 거예요? 어디 한번 봐요."

만수가 뛰어와 카메라를 냉큼 빼앗아 들었다. 원구와 만수가 머리를 맞대고 모니터를 들여다봤다. 변삼용은 옥상 난간에 기대서서 담배를 피우며 두 아이를 바라보았다. 뭐가 좋은지 녀석들은 어깨를 들썩이며 웃고 있다. 두 아이의 등에 햇살이 눈부시게 쏟아져 비추고 있다.

녀석들, 키가 꽤 자랐어. 만수야 처음 볼 때부터 머리 하나는 훌쩍 컸지만 원구 저 놈도 확실히 자랐어. 다 내가 잘 먹이고 잘 키운 덕이지. 아무렴, 그럼, 그럼. 어쩐지 배실배실 웃음이 비어져 나온다. 녹화영상이 끝났는지 두 아이가 고개를 돌려 변삼용을 쳐다보았다. 그 얼굴에는 아직 웃음이 그치지 않고 남아 있었다. 눈부시다. 선글라스 끼지 않고 보니 세상이 꽤 달라 보인다. 낯선 세상으로 겁도 없이 뛰쳐나온 괴물 같은 놈들.

변삼용이 참지 못하고 웃음을 터뜨리며 소리쳤다.

"어디 네 맘대로 해 봐라, 원구!"

원구가 슬쩍 웃으며 고개를 끄덕였다.

"그리고 너도 신나게 춰 봐라, 만수!"

"옙! 맡겨만 줍쇼!"

만수가 거수경례를 붙이며 큰 소리로 외쳤다.

"가자!"

두 번째 테이크가 시작됐다.

    가난하다고 생선과 사랑을 모르겠느냐.
    총총 빛나던 별들은 다 어디로 갔나, 짜라짜짜.
    인생은 거친 바다, 당신은 나의 등대.
    당신만을 위해 노래하리, 노래 부르리, 짜라짜짜.

  탁 트인 옥상에 맞닿은 푸른 하늘로 원구의 목소리가 퍼져 나갔다. 만수도 신나게 하늘로 솟구쳐 올랐다. 키보드를 두드리며 노래하는 원구는 신나서 견딜 수 없는 얼굴이다. 부르지 않고는 참을 수 없다는 듯, 거침없이 노래가 터져 나왔다.
  원시의 밀림이다. 아무도 들어가 보지 못한 밀림처럼 원구의 목소리에 생명력이 가득했다. 어느 누구도 경험하지 못한 숲은 신비롭고 매혹적이다. 함성이 들려온다. 산비탈을 타고 다닥다닥 붙은 집들에 잇닿은 강물까지, 파도 같은 환호성이 들려오는 듯했다. 두 손을 위로 올리고 환호하며 두 사람을 향한 열광이, 그 흥분이 밀려들었다. 노래가 집채만 한 파도처럼 달려든다. 변삼용은 가슴 속이 뻥 뚫린 것처럼 후련해졌다. 아아, 이런 느낌. 저 아이는 지금 날아오르고 있다. 벽을 넘기 위해. 그래, 그렇게 훌쩍 뛰어 넘어 보아라, 원구야.

    살짜기 다가와 바람처럼 떠나간 당신, 짜라라.
    내 가슴에 남은 스크래치는 어이 하라고, 짜!
    붙여라, 붙여라, 붙여라, 붙여!
    붙여라 사랑의 바~안창고, 워어어어~.

  원구가 하늘을 향해 고개를 젖혔다. 눈부신 하늘. 파도 위에 떠있는 기분이었다. 엄청나게 큰 파도가 원구를 저 하늘 끝까지 날려 올렸다. 하얀 포말이 박수처럼 부서진다. 땀방울이 주르르 목을 타고 흘러내렸다. 바람이 불어온다. 상쾌했다. 이런 기분. 누구도 모를 이 기분.
  나, 아직 목소리를 갖지 못했지만 신나게 부를 거야. 미친 듯이 신나게. 부르지 않으면 나, 견딜 수 없거든. 웃어도 좋아. 촌놈이라고 마음껏 비웃으라고. 그래, 난 촌놈이야. 그럼, 어때. 난 누가 입혀주는 옷은 입지 않을 거야. 모자라고 투박해도 내 노래를 부르는 거야. 내 목소리로 부르는 거야. 누가 뭐래도 난 노래할 거야. 내 아이돌은 바로, 노래야. 놀라지들 마셔. 내 노래는 이제부터 시작이야!

노래가 끝이 났다. 푸른 하늘을 차오르며 백텀블링에 성공한 만수. 원구가 만수를 돌아보며 하얀 이를 싱긋 드러냈다. 땀으로 흠뻑 젖은 만수도 원구를 향해 씩 웃었다. 원구와 만수가 빨갛게 달아오른 얼굴을 카메라로 돌렸다. 카메라는 여전히 두 사람을 잡고 있었다. 잠시 옥상 위에 침묵이 흘렀다. 카메라를 눈에서 뗀 변삼용이 활짝 웃으며 엄지손가락을 번쩍 치켜올렸다.

"와아아~."

원구와 만수가 뛰어오르며 하이파이브를 했다. 막 붉은 빛으로 물들기 시작한 하늘로 솟아오르는 두 아이의 모습에 변삼용은 눈가가 시큰해졌다. 아침 열시부터 저녁 일곱시까지 아홉 시간에 걸쳐 마흔일곱 번의 노래 끝에 마침내 촬영이 끝났다.

변삼용은 그날 밤 녹화영상을 다시 한 번 확인했다. 편집 따위는 없다. 시작부터 끝까지 한 번에 가는 원 테이크다. 변삼용은 바닥으로 시선을 옮겼다. 원구는 시체처럼 곯아떨어졌다. 변삼용은 녹화한 메모리카드를 봉투에 넣었다. 잠시 망설이던 변삼용은 봉투의 겉면에 적어넣었다.

슈퍼스타 프로젝트 참가자. 보컬-이원구. 댄스-구만수.
팀명 '드래곤 보이즈'. 곡명 〈사랑의 반창고〉

∙ ∙ ∙

강 기자의 예상을 훌쩍 넘어 참가 신청자는 백만 명에 달했다. 심사 기간은 한 달. 각계각층, 다양한 연령층으로 구성된 만 명의 심사단이 20일 동안 백만 개의 동영상을 심사한다. 그 결과 백만 명의 참가자 중 50개 팀만 남게 된다. 이들 50개 팀의 동영상은 킹스타 채널 홈페이지에 오르게 된다. 그 후에는 열흘 동안 네티즌들이 마음에 드는 팀을 선택해 투표한다. 킹스타 채널은 이 기간 동안 매일 한 시간씩, 하루 세 번 50개 팀의 동영상을 반복 방영해서 휴대폰 문자 투표를 집계에 반영한다. 그 결과 일곱 명의 최종 후보를 뽑게 되는 것이다.

변삼용은 밤마다 대리운전을 나갔고 원구는 볕 좋은 날이면 수동식 세탁기로 빨래를 했다. 예심이 진행되는 20여 일 동안 변삼용과 원구는 오디션에 대해 좀처럼 입에 올리지 않았다. 대신 가끔 함께 영화를 보러 나가고 찜질방에 가기도 했다. 만수는 거의 매일같이 와서 '기다리다 답답해 죽겠다.'고 난리를 피우다 라면을 끓여 먹고 좀 진정되어 돌아갔다. 토요일이면 우주폭발대마왕긴꼬리핼리혜성의 공연을 보러 갔다. 민상은 더 이상 볼 수 없었지만 통닭을 프라이드 반, 양념 반으로 먹고 돌아오곤 했다.

수시로 아랫집 주인 영감이 고양이를 쫒는다는 수상쩍은 핑계로 올라와 이미자의 〈섬마을 총각 선생님〉이나 심수봉의 〈사랑밖에 난 몰라〉 같은 노래를 가르쳐주곤 했다. 만수는 노인네에게 춤을 보여주겠다며 오두방정을 떨다 지팡이로 두들겨 맞기도 했다. 눈을 감고 원구의 노래를 듣던 영감이 고개를 끄덕여주던 날도 있었다. 의미는 모르겠지만 하루는 원구에게 멸치를 한 움큼 쥐여주고 가기도 했다. 더디었지만 어쨌든 하루, 하루 날은 가고 있었다.

드디어 50개 팀 후보를 발표하는 날이 왔다.

일을 끝내고 새벽녘에야 들어온 변삼용은 자리에 누웠지만 잠이 오지 않았다. 다른 때 같으면 바로 곯아떨어졌을 시간이었다. 발표 시간인 정오까지는 아직 몇 시간 남았다. 변삼용은 컴퓨터 전원을 켰다. 모니터 불빛이 어두운 방안을 오도카니 밝혀주었다. 변삼용은 매일 인터넷 뉴스를 클릭하고, 스포츠 신문을 샅샅이 살펴보곤 했다. 처음 며칠간은 떠들썩했다가 잠잠해졌지만 간단하게라도 오디션에 관한 소식은 매일 실리곤 했다. 백만 개 팀이 참가한 초유의 오디션인 것이다. 변삼용은 킹스타채널 홈페이지의 동영상을 몇 번이나 반복해 플레이시켰다. 키보드를 두드리며 머리를 신나게 흔드는 원구, 긴 다리로 박차고 하늘로 날아오르는 만수. 수백 번, 수천 번을 봐도 싫증나지 않았다.

변삼용은 고개를 돌려 바닥을 내려다보았다. 잠든 원구의 얼굴에 희미하게 모니터 불빛이 닿아 있었다. 원구도 인터넷에 떠도는 오디션에 관한 그 많은 뉴스를 보지 않았을 리 없다. 그런데도 오디션에 관해서는 한마디도 하지 않는다. 가르치지 않았는데도 원구는 묵묵히 기다리는 법을 확실히 터득한 것 같다. 원구가 몸을 뒤척였다. 변삼용에게 지난 두 달 간의 일들이 떠올랐다. 해볼 건 다…… 해봤지, 아마도? 이제 남은 건 기다리는 것뿐이다. 변삼용은 컴퓨터 버튼을 눌렀다. 불빛이 사라졌다.

  변삼용이 눈을 떴을 때 해는 중천에 떠 있었다. 원구는 보이지 않았다. 변삼용은 손을 더듬어 찾은 휴대폰으로 시간을 확인했다. 11시 40분. 20분 뒤면 발표가 난다. 변삼용은 옥상으로 나가 담배를 물었다. 아주 조금씩 담배를 빨아들였다. 최대한 천천히. 이제 10분 남았다. 문득 기획사를 차리고 첫 음반이 나오기를 기다리던 때가 떠올랐다. 그때도 이렇게 초조했던가. 저 아래, 손에 비닐봉지를 든 원구가 비탈길을 오르고 있었다. 여어, 부르려다가 말없이 원구의 발걸음을 눈으로 좇았다. 원구의 걸음은 빨랐다. 변삼용은 두 팔을 머리 뒤로 쭉 펴서 길게 기지개를 켰다. 멀리 남산타워를 가린 구름이 천천히 흐르고 있었다. 삐걱삐걱, 철 계단을 딛는 소리가 나더니 발갛게 상기된 원구의 얼굴이 나타났다.

· · ·

그날 밤 변삼용은 일을 나가지 않았다. 운전은 고사하고 혀가 꼬부라진 지 오래였다. 옥상에는 고기 굽는 냄새가 가득 찼다.

"기적이다. 이건 기적이야"

"에이, 사장님. 이건 실력이에요. 우린 실력으로 뽑힌 거예요. 내 춤이 완전 먹힌 거라구요."

"백만 팀 중, 50등 안에 뽑히다니. 이만 대 일의 경쟁률 아니냐?"

"아, 진짜 사장님은 수학 천재세요. 이만 대 일, 우헤헤헤. 우린 천재다, 우헤헤."

"자자, 건배, 건배."

변삼용의 술잔에 원구와 만수가 콜라잔을 쨍 부딪쳤다.

"이제부터 시작이다. 이제 일곱 명 안에 남는 거야. 오케이?"

"오케이!" "드래곤 보이즈 화이팅!"

카운트는 이미 시작됐다. 컴퓨터로 킹스타 채널에 접속했다. 방송이 시작됐다. 예선에 오른 후보 50개 팀이 결정되는 순간이다. 오전 열시와 오후 일곱시, 밤 열시, 세 번의 방송. 각 후보에게 주어진 시간은 고작 해야 1분여. 전 곡을 틀어주기에는 턱없이 부족한 시간이다.

"나왔다! 우리다, 우리야!"

만수는 흥분해서 소리를 지르더니 노래가 나오자 잠잠해졌다. 초반부와 클라이맥스 부분을 잠깐 보여주고 이내 다음 후보로 넘어갔다. 굉장하다, 모두들. 당연하다. 백만 명 중에 뽑힌 50팀이니 실력이 쟁쟁하다. 솔로가 반, 나머지는 대부분 그룹이고 듀엣은 단 두 팀뿐이다. 대부분 기성곡을 불렀지만 창작곡을 부른 팀도 몇 있다. 딱 한 팀을 고르는 것은 쉽지 않을 것 같다.

방송이 끝나고 누구도 입을 열지 않았다. 원구는 무표정한 얼굴이고 만수는 막대기처럼 딱딱하게 굳어버렸다. 변삼용은 킹스타 채널 홈페이지의 투표 결과에 접속했다. 접속 실패. 필시 너무 많은 사람이 한꺼번에 접속해서 다운이 된 거다. 만수가 벌떡 일어나더니 인사도 없이 사라졌다. 엄마한테 문자가 와서일 거라고 원구는 생각했다.

원구와 만수가 최종 후보로 뽑힐 확률은 제로에 가까워 보였다. 예선에 뽑힌 팀들은 거의 프로 수준이었다. 하나같이 전문 녹음실에서 녹음을 했고 영상 편집도 훌륭했다. 원구가 단연 눈에 띈다고 한다면 그건 다른 팀에 비해 현격히 떨어지는 실력 때문이었다. 아니, 노래 자체는 떨어지지 않을지도 모른다. 하지만 잡음이 들어간 어설픈 동영상을 보낸 건 원구뿐이었다. 솔직히 50명의 후보에 뽑힌 것도 놀라웠다. 실수가 아닐까 하는 의심까지 들었다. 킹스타 채널 홈페이지에는 후보들에 대한 수많은 평가의 댓글이 달리고, 방송과 뉴스에서 연일 떠들어 댈 것이다. 기쁨도 잠시, 원구가 혹시 상처입지 않을까, 변삼용은 슬며시 걱정이 되었다.

"그걸 몰랐단 말인가? 내가 말하지 않았나. 원구는 이제 커다란 벽에 부딪힐걸세. 부딪히고 충격을 받는 거지. 살아남는지는 두고 볼 수밖에 없지."

어디선가 록계의 전설 김사연의 목소리가 들려오는 것 같았다.

새벽에 집으로 돌아오자마자 변삼용은 컴퓨터 전원을 켰다. 예선 통과자가 발표된 지 사흘째. 출연자 이름 옆에 매겨진 숫자와 막대그래프가 투표 결과를 알려주고 있다. 판도가 갈라지기 시작하고 있었다. 원구는 하위권이었다. 변삼용은 쩝쩝, 입맛을 다셨다. 그래도 내심 기대를 했는데 역시 역부족인가.

1위를 차지하고 있는 것은 '바닐라 플레이보'라는 다섯 명의 미소년으로 이루어진 댄스그룹이었다. 요즘 가장 인기 있는 국내 아이돌그룹의 노래를 불렀다. 노래와 춤 실력도 나쁘지 않았지만 눈에 띄는 건 단연 하나같이 뛰어난 외모였다. 영상이 돋보이는 그룹이다. 2위와 표차가 대단하다. 아마도 이변이 없는 한, 1위로 통과할 것이다. 그 뒤를 몇 개의 댄스그룹이 각축을 벌이고 있었다. 아무래도 인원수가 많은 댄스그룹이 단번에 눈길을 끄는 것이다. 그 다음으로는 열 명 정도의 솔로와 그룹이 거의 비슷한 지지를 얻고 있었다. 앞으로 일주일 동안 판도에 변동이 생길 수 있을까?

원구는 되도록 방송도, 투표 결과도 보지 않으려 했다. 하지만 컴퓨터 전원 버튼을 누르고 만다. 첫 방송을 보고 아무 말없이 사라진 만수의 심정을 원구는 이해할 수 있었다. 원구도 그대로 어디론가 숨고 싶었기 때문이다. 다른 팀들과 비교하니 격차가 적나라하게 드러났다. 지구와 안드로메다 사이, 몇백만 광년의 거리처럼 어마어마한 차이였다. 보면 볼수록 실력 차는 더 두드러져 보였다. 원구는 부끄러웠다. 성우주와 민상, 그리고 다른 연습생 아이들을 봤을 때 느꼈던 충격을 합한 것 같은, 메가톤급 충격을 받은 것이다. 세상에는 노래 잘하는 사람이 그득하고, 그들 모두 재능과 열의가 넘쳤고, 게다가 그들은 가수가 될 기회마저 움켜쥔 것 같았다. 원구, 자신만 빼고. 원구는 '기적'이란 단어를 떠올렸다가 이내 지워버렸다. 기적이란 게 있다고 해도, 자신에게 생기는 것은 아니란 생각이 들었다.

그런데…… 그런 게 있었다. 반전.

"난리 났다!"

만수가 호들갑을 떨며 들어왔다. 만수는 원구의 코앞에 얼굴을 들이대며 무진장 침을 튀겼다.

"떴다. 우리 완전 떴어."

만수는 황급히 컴퓨터 전원을 켰다. 킹스타 채널 홈페이지를 열자마자 슈퍼스타 프로젝트 인기 순위가 나타났다. 1위에서 10위까지의 후보자 얼굴이 빠르게 떠올랐다. 그런데 ……. 10위, 팀명 드래곤 보이즈, 보컬 이원구, 댄스 구만수.

  만수는 검색창에 '드래곤 보이즈'라고 쳤다. 그러자 기다렸다는 듯이 수십 개의 블로그와 웹페이지가 주르륵 나타났다. 원구와 만수의 동영상을 옮겨다놓은 것들이었다. 만수는 엄지손가락을 으쓱, 치켜올렸다. 만수는 킹스타 채널 홈페이지에 달린 댓글을 하나하나 클릭했다.

    드래곤 보이즈. 레알 웃김. 보다가 뿜었음. - 불가리우스
    뒤에 춤추는 애 열라 웃김. 보컬 블라우스 미쳐. ㅋㅋㅋ - 왕비님
    자세히 보면 나름 기럭지 길고 몽타주 괜찮아요. 풉! ^-^ - 샤인이
    아놔. 가사 대박! 완전 빵 터짐. - 엄마쟤코먹어
    용트림 보이즈, 최고! - 용가리대마왕
    슈퍼 개그맨? ㅋㅋㅋ - 원더우먼

"이거 봐. 완전 난리야."
"노래 얘긴 암도 안 혔구만."
"그거야 내 춤이 워낙 독보적이니까."
"'뒤에 춤추는 애 열라 웃김'이라고 써 있는디."

"이 자식이!" 만수는 원구를 헤드록으로 쓰러뜨리며 웃었다. 원구의 얼굴에도 웃음이 배시시 흘러나왔다.

"이제 사흘 남았어. 이런 상승세라면 막판 뒤집기도 가능해. 세 팀만 제치면 본선 진출이야. 우헤헤헤."

만수가 방바닥을 떼굴떼굴 굴렀다.

변삼용은 편의점 앞 의자에 앉아서 대리운전을 찾는 호출을 기다리고 있었다. 금요일 새벽인데도 열두시 넘어 두 건 한 뒤로는 감감 무소식이다. 이대로 그냥 돌아가야 할지도 모른다. 하지만 어쨌든 기다려야만 한다. 낮에 만났던 강 기자의 말을 곰곰이 떠올렸다.

"거의 결정 났다 싶죠. 현재 1위인 바닐라 플레이보가 최종 우승자가 되지 않을까 하고 다들 예상하는 분위기입니다. 워낙 소녀 팬들의 전폭적인 지지를 받고 있으니까요. 원구와 만수요? 아, 드래곤 보이즈? 사장님이 키우는 애들이죠? 아, 죄송합니다. 갑자기 웃음이 나와서. 꽤 치고 올라왔죠? 네티즌 사이에 입소문이 나면서 급상승했죠. 눈에 확 띄잖아요. 그 보컬도 보컬이지만 뒤에서 춤추는 애가……, 크크큭. 아, 또 죄송합니다. 〈사랑의 반창고〉, 그게 원곡이 트로트죠? 가사는 뽕짝인데 록이라니, 뭔가 엇박인데 그게 묘하게 매력이 있더라고요. 요즘 애들 재미있고 특이한 거 좋아하니까요. 어쨌든 제대로 먹힌 거죠. 그런데 말이죠. 그건 의도하신 연출입니까? 어디 건물 옥상 같은 데서 촬영한 것 같던데. 혹시 일부러 그런 상황에서 연출한 게 아닐까 생각했었죠. 어딘지 모르게 그런 분위기와 잘 어울렸거든요. 잘 들어보면 녹음 상태가 조야해서 그렇지, 보컬은 상당한 실력이더군요. 굉장했어요. 무엇보다 뭔가 사연 있어 보이고, 드라마틱하던데요. 사실 애들 실력이야 고만고만하죠. 이런 서바이벌 프로그램에는 역시 드라마가 있어야 먹힌다니까요. 이 기세라면 승산이 아주 없지 않아요. 좋은 결과를 기다려보죠. 사장님, 화이팅!"

승산이 아주 없지는 않다. 드라마 같은 막판 뒤집기, 없으란 법 있나? 그래, 조금만 더 기다려보자. 이 밤, 아침이 밝을 때까지 조금만 더. 변삼용은 다 마신 음료수 캔을 우그러뜨렸다.

・・・

마지막 날이다. 열한시. 마지막 방송이 끝났다. 투표가 마감되는 자정까지 한 시간이 남았다.

원구는 현재 8위다. 7위와는 4,700표 차이. 마지막 방송이 시작되면서 투표율은 급격하게 올라가고 있다. 4,600표를 남겨두고 격차는 더 이상 좁혀지지 않는다. 7위를 달리고 있는 팀은 소녀들로 구성된 4인조 댄스그룹이다. 빼어나게 예쁜 소녀들이 샤방한 웃음을 날렸다. 쩝, 나라도 미소녀 팀을 뽑겠다. 변삼용은 원구의 얼굴을 슬쩍 쳐다보며 생각했다. 그래도…… 원구가 노래는 훨씬 나은데. 생긴 것도 가만 보면 상당히 귀여운 편인데. 원구는 코를 후비다 '뭣 땜시?' 하는 표정으로 쳐다봤다. 그때 변삼용의 휴대폰이 울렸다.

"사장님!"

만수였다.

"사장님 친구들한테 다 전화했어요? 친구의 친구, 사돈의 팔촌, 없어요? 아, 저는 다 했죠. 한 표라도 더 모아야죠! 빨리, 빨리!"

한바탕 횡설수설하더니 만수가 뚝, 전화를 끊었다. 아무래도 제정신이 아닌 것 같았다. 하긴 이 순간에 제정신인 게 더 이상할 것이다. 변삼용은 원구를 돌아봤다. 원구가 왕건이 코딱지를 의기양양하게 내보였다.

킹스타 채널 홈페이지를 열었다. 투표 집계는 클릭할 때마다 달라졌다. 마우스를 잡은 손이 부들부들 떨리고 입이 바싹바싹 말라온다. 변삼용은 참지 못하고 방문을 박차고 달려나갔다. 옥상을 몇 번 경중거리다 다시 방 안으로 돌아오니 원구가 컴퓨터 앞에 앉아 있었다. 원구의 어깨가 가늘게 떨리고 있었다.

4,678표. 격차는 더 벌어진다. 5분도 채 남지 않았다. 막판 뒤집기가 가능할 것인가. 인생에 기적이 단 한 번 일어날 수 있다면, 지

금이 그 순간이었으면 좋겠다고 변삼용은 간절히 바랐다. 4,675표. 4,677표. 피가 마르는 느낌이다.

드디어 열두시. 투표는 끝났다. 킹스타 채널 홈페이지에 예선 통과자 일곱 명의 이름이 떴다. 드래곤 보이즈의 이름은 없다. 반전도, 기적도 일어나지 않았다. 누가 두꺼비집 전원스위치를 내려버린 듯 변삼용의 머릿속이 깜깜해졌다. 가까스로 스위치를 올린다. 원구, 원구는……. 변삼용은 뒤돌아 원구를 봤다.

아무 표정도 드러나지 않는 얼굴. 입술을 지그시 깨물고 있다. 누가 툭 치면 눈물이 주르르 떨어질 듯한 얼굴이었지만 원구는 끝내 울지 않는다.

"이 정도도 대단한 거야……. 원구야, 수고했다."

"아재……도."

"또 기회가 있을 거다. 기회는 만들면 된다."

원구는 고개를 끄덕이더니 웃으려는 듯했지만 입가가 씰룩거릴 뿐이다. 이불을 깔고 누운 원구를 보고 변삼용은 옥상으로 나갔다. 기대를 안 했다면 거짓말이지만 당연한 결과다. 이런 것쯤 아무렇지도 않다. 지금까지 더한 일도 있고 앞으로도 수많은 일들이 기다리고 있다. 하지만 원구가 걱정이다. 이번 일로 약해지거나 주저앉아서는 안 된다. 견딜 수 있을 거야. 강한 녀석이니까. 하지만……. 변삼용은 담배를 꺼내 물었다. 그래도 아직 어린애일 뿐이다. 변삼용은 길게 담배 연기를 내품으며 고개를 돌렸다. 컨테이너박스에서 노란 불빛이 스며나오고 있었다. 괜찮냐……? 괜찮아, 괜찮아야 한다, 원구야.

변삼용은 담배 한 갑을 다 비우고 나서야 방 안으로 들어갔다. 원구는 이불을 머리끝까지 뒤집어쓰고 누워 있었다. 웅크려 누운 원구의 몸이 변삼용의 눈에는 작은 섬처럼 보였다. 망망대해에 떠 있는 섬은 금방이라도 파도에 삼켜질 것처럼 위태로웠다. 변삼용은 그 작은 섬을 향해 손을 내밀었다. 하지만 손은 허공에서 잠시 떠돌다 멈추었다. 변삼용은 벽에 붙은 스위치를 내렸다. 기다렸다는 듯 어둠이 두 사람을 삼켰다. 고요한 어둠 속에서 가끔 어깨가 파도처럼 들썩였다.

다음날, 원구가 빨래를 걷고 있는데 만수가 비척비척 나타났다.
"넌 만날 빨래만 하냐?"
"갈아입을 빤스가 없구만."
평상에 털썩 주저앉는 만수 옆에 원구가 앉아 빨래를 개키기 시작했다.
"어제 라면 엄청 묵고 잤냐? 눈이 퉁퉁 부었구만."
"흐응~."
"살아 있었구만. 안 오니께 죽었는갑다 했제."

어깨를 축 늘어뜨리고 있던 만수가 냅다 소리를 질렀다.

"내가 죽긴 왜 죽냐? 아까워서 눈을 못 감는다. 어후~, 진짜 아깝다. 하루만 더 있었으면 따라잡았을 텐데. 아니, 왜 하필 일곱 팀이냐고. 여덟 팀 뽑았으면 얼마나 좋아. 짝수가 좋지. 짝도 딱딱 맞고. 그 계집애들 얼굴만 번지르르해가지고 순전 외모로만 뽑고 말이야. 실력으로 뽑아야지, 실력!"

"언젠가 누가 가수는 비주얼이 중요하다고 헌 것 같은디."

"야, 비주얼도 중요하지만 역시 실력이지!"

"실력이 모잘랐는갑지."

"아, 몰라. 야, 우리 암살할까? 일곱 명 중 하나만 없어지면 우리가 본선 나가는 거잖아."

"그려, 그러고 평생 쭉 콩밥 먹든가."

"에이, 몰라 몰라."

만수는 평상 위에 벌렁 드러누웠다. 원구도 개킨 수건을 베고 만수 옆에 누웠다.

"으아아아~, 수영 한번 못해보고 여름이 다 갔구나." 길게 외치는 만수. "야, 니네 섬. 여름에 가면 좋냐?"

"어디 여름에만 좋간디."

"한번 가보고 싶다."

한참 동안 하늘만 올려다보던 만수가 "반칙이야." 하고 툭, 내뱉었다.

"너……, 꼭 나랑 같이 가야 된다. 혼자 가는 건 반칙이다."

바람이 옥상을 훑고 지나가면서 원구의 머리카락을 팔랑 들어올렸다. 아직 후텁지근하지만 계절이 바뀌는 것을 예고하는 바람이었다.

"야."

"뭐여?"

"그래도 신났지?"

원구는 만수가 뭘 말하는지 알 것 같았다. 신났지. 죽을 만큼 신났지.

"아무래도 우리는 듀엣으로 계속 가는 게 좋겠다. 될 때까지 계속 오디션 보자."

원구는 아무 대답도 하지 않았다. 하늘이 유독 아득하게 멀다. 원구는 컨테이너박스 쪽으로 고개를 돌렸다. 변삼용이 잔뜩 주워다 놓은 잡동사니가 쌓여 있고, 고물 세탁기가 덩그러니 놓여 있다. 원구는 처음 보는 풍경처럼 하나하나 유심히 바라보았다. 밤새 뒤척이던 변삼용과 함께 컨테이너박스는 조용히 잠들어 있었다.

옆에 누운 만수의 떠드는 소리가 끊임없이 들려온다. 가끔 "응, 응" 맞장구쳐주니 좋아 죽는다. 햇살이 쏟아진다. 원구의 눈이 게슴츠레해졌다. 만수의 목소리가 썰물처럼 스윽, 빠져나갔다. 기다렸다는 듯이 잠이 밀려왔다.

　햇살 사이로 풀썩 먼지가 날아다닌다. 교실이다. 교복을 입은 아이들이 조르르 앉아 있다. 교복이 깔끔하니 보기 좋았다. 어, 저건 만수. 만수 녀석이 앉아서 헤드뱅잉을 신나게 하고 있었다. 그 뒤로 민상이 '아, 내가 왜?' 하는 표정을 하고 앉아 있다. 종소리가 울리더니 아이들이 가방을 열고 교과서를 꺼낸다. 음악교과서다. 교실 문이 열리더니 한무리의 사람들이 우르르 몰려 들어온다. 어, 당신들은? 우주폭발대마왕긴꼬리핼리혜성 멤버들이 교단에 올라섰다. 두두둥~ 문신 사장님의 드럼 소리를 신호로 폭풍 같은 연주가 시작된다. 아이들이 발로 요란하게 바닥을 구르며 리듬을 맞추고 있다.
　지지징, 연주 사이로 일렉트릭기타 소리가 튀어오른다. 어, 당신은? 록계의 전설, 김사연이다. 대머리를 흔들며 현란하게 손가락을 움직인다. 어쩐 교실이 자꾸 좁아진다 싶었더니 코끼리 한 마리가 뒷문으로 머리를 들이밀고 있었다. 코끼리는 박자라도 맞추듯 큰 귀를 나풀거리며 코는 흔들, 흔들거리며 웃고 있다. 슬슬 몸이 들썩인다. "노래는 안 부르는 게냐?" 어디선가 주인집 영감의 호통소리가 들려왔다. 기다렸다는 듯, 냉큼 보컬이 멤버들 앞으로 튀어나왔다. 아, 저건. 보컬이 새까만 얼굴에 하얀 이를 드러내며 싱긋 웃는다.

"자, 신나게 불러봐라!"

어느 틈에 교실 뒤에 변삼용이 서서 소리를 질렀다. 그리고 그 옆에는. 아아, 엄마, 형! 엄마와 형이 함박 웃으며 손뼉을 치고 있다. 오케이. 시작하는 거야. 두두두두 지~잉. 입을 여는 순간. 백텀블링으로 날아오르는 해파리. 야, 신나지? 신나지?

왜 노래를 하느냐고 묻는다면, 그건 어쩔 수 없는 일이라고 대답할 거야. 그런 느낌 알아? 어느 날 푸른 바다를 가르고 물고기 한 마리가 가슴속으로 쑥 들어온 느낌. 팔딱팔딱 뛰는 게 정신을 잃을 정도로 좋았어. 그것 말고 나도 몰라. 누구 말대로 신나서 견딜 수 없었던 거야. 정신을 차리고 보니 노래하고 있었지.

알아버렸어. 이렇게 신나는 세상이 있다는 걸. 나, 생각해봤더니 가수가 되고 싶었던 게 아니야. 섬에서 한번도 못해봤던 걸 하고 싶었어. 동물원에도 가보고, 통닭도 먹고, 라이브도 들었지만 제일 신났던 건 그거야. 나, 노래를 부르고 싶었어. 내 노래를 부르고 그걸 들어주고 환호해주는 사람들이 있었으면 했어. 자, 들어봐. 이게 내 목소리야. 내 목소리로 노래 부르고 있다고. 박수 쳐도 좋아. 내 노래를 듣고 후련해진다면. 미치도록 신난다면. 그게 내가 원하는 거야.

갑자기 사방이 어두워진다. 아무것도 보이지 않고, 아무 소리도 들리지 않는 칠흑 같은 어둠이다. 파팟. 긴 꼬리를 끌며 하늘로 올라간 불꽃이 갑자기 사라졌다. 그 순간 펑, 어둠속에서 반짝하고 별이 빛나더니 밤하늘로 퍼져나갔다. 누가 뭐래도 저건 별이다. 그것도 보통 별 아닌 나의 슈퍼스타. 어디선가 환호성이 들려온다. 아무래도 파도소리 같다.

· · ·

부둣가가 갑자기 소란스러워졌다. 갈매기가 깜짝 놀라 후드득 날아올랐다. 20여 명쯤 둥글게 모여 앉은 사람들 사이로 박수와 웃음소리가 요란하게 일어났다.

"오매~, 신난 거."

"앗따, 재주가 용하네. 야야, 신나는 놈으로 쪼깨 더 해봐라이."

"그려그려, 언능 한 곡 뽑아라이~."

저마다 신청곡을 외치는 소리로 시끌벅적했다.

"딩딩디디디딩딩딩~."

통키타 소리가 흥겹게 시작됐다.

"오~, 그대여 변치 마오. 오~, 그대여 변치 마오."

손뼉소리가 노래에 박자를 맞추기 시작했다.

"불타는 이 마음을 믿어주세요. 말 못하는 이 마음을 알아주세요~."

벌린 다리를 부르르 떨면서 엉덩이를 앞뒤로 튕기니 웃음소리가 요란하게 터져나왔다. 기타 반주는 점점 비트가 강해지고 목소리는 더욱 박력이 넘친다. 아주머니 몇이 일어나 엉덩이를 흔들고, 손가락으로 하늘을 찌르기 시작했다. 몸뻬바지 꽃무늬가 현란하게 들썩이며 환호성이 부두를 가득 메웠다.

"그 누가 이 세상을 다 준다 해도 당신이 없으면 나는, 나는 못 살아~."

헤드뱅잉하던 고개를 홱 뒤로 젖히며 노래를 끝내니 우레와 같은 박수가 쏟아졌다.

"형, 형, 빅뱅! 빅뱅 노래요." "아녀, 소녀시대 걸로 한 곡 뽑으랑께!" "아녀, 아녀. 투피엠 노래가 최고제!"

아주머니들 틈에 끼어 앉았던 아이들이 소리쳤다. 신청곡이 순서대로 흘러나왔다. 아이들은 좋아라 손뼉 치며 목이 터져라 노래를 따라 불렀다.

노을이 물들기 시작하자 부둣가에 모여 있던 사람들은 하나둘 집으로 돌아갔다. 기타 소리만이 조용히 부둣가에 울려퍼졌다. 이마에 드리워진 긴 머리카락이 바람에 팔랑 나부꼈다. 기타를 멈춘 손이 머리카락을 쓸어올렸다. 드러난 소년의 눈은 말없이 바다를 바라보고 있다. 그때 등 뒤로부터 검은 그림자가 기타에 드리웠다.

"자네, 가수 해볼 생각 없나?"

고개를 들어 그림자를 올려다보았다. 햇살이 눈을 아리게 찔렀다. 그림자는 해를 등지고 있어서 얼굴을 알아볼 수 없었다.

"〈사랑의 반창고〉도 가능한가?"

"……아재?"

"나도 왔다!"

만수가 헤드록을 걸며 달려든다.

"워떠케 왔당가?"

"방학했다!"

만수가 싱글벙글 웃었다.

"이발 좀 해라, 자식."

변삼용이 원구의 머리를 마구 헝클었다.

"반갑냐? 반가워? 형님 보고 싶어 죽을 뻔했지?"

일 년 만이었다. 그리웠던 얼굴이 어룽진다. 원구는 눈치 채지 못하게 눈가를 쓱 닦으며 에헤헤, 웃었다.

"야, 이 자식. 매정하게 형님만 두고 가더니 섬에서 스타가 됐네? 야, 의리 없게 그럴 거냐?"

만수가 훅을 날렸다. 원구가 즉시 가드를 올리더니 받아쳤다. 아하하. 요란한 웃음소리가 하늘로 흩어졌다.

"야, 어디냐? 어디? 니네 섬 어디야? 어디, 진짜 바다가 갈라지는지 내가 두 눈으로 확인하러 왔다."

"그려, 가자!"

원구가 기타를 둘러메고 일어섰다. 세 사람은 바다를 바라보며 섰다. 푸른 파도가 넘실거린다. 물길이 열리려면 조금 더 기다려야 한다. 기다리는 것만은 자신 있다. 다시 만나기 위해 일 년을 기다렸다. 그리고 바라던 그 순간까지, 앞으로 얼마가 될지 모르지만 기다릴 수 있다.

"원구, 도장 있냐?"

원구의 얼굴에 물음표가 떠올랐다.

"뭐, 사인이나 지장도 괜찮지. 정식으로 계약하자."

다시 물음표.

"야, 사장님 사무실 차렸어. 드래곤엔터테인먼트 투. 콧구멍만 하긴 한데 전망은 좋아. 바로 앞이 여고야, 우헤헤헤."

"이제 워밍업은 실컷 했으니 본격적으로 해봐야지?"

원구가 하얀 이를 드러내며 싱긋 웃었다. 별안간.

하늘과 바다가 만나는 곳에 황금빛 선이 생겨났다. 가는 금빛 선은 점점 넓어지며 붉어진다. 기다렸다는 듯 파도가 세차게 일렁이기 시작했다. 하얀 새들이 무리를 지어 파도 위를 맴돌기 시작했다. 붉은 빛이 퍼진 바다 위에 서서히 길이 열리기 시작한다. 사막처럼 하얀 모래가 바다 위에 드러난다. 점점 넓어져가는 하얀 사막

위에 갈매기떼가 고요히 내려앉는다.

하얗게 드러난 물길 위로 짙은 안개가 몰려든다. 모든 것이 정지된 것 같은 시간이다. 갑자기 새떼가 하얗게 날아오른다. 후드득, 흩날리는 깃털에 쏟아진 햇살이 저희끼리 닿아 부서지고 흩날린다. 눈이 부시다. 안개 속에서 희미한 그림자가 나타난다. 가늘게 뜬 눈 속으로 아이가 달려 들어온다. 점점 다가온 아이는 소년이 되었다. 소년이 달려온다. 바다 사이로 난 길을 달려, 바람을 맞으며, 햇살에 빛나며.

지금이다. 소년을 맞으러 나갈 때다. 무인도에서 달려나온 소년이 세상 속으로 나오는 것을 두 팔 벌려 환영하러 가는 거다. 달려와, 달려. 숨이 턱에 닿도록. 그리고 이제 함께 가는 거야. 저 세상 속으로. 네 노래를 들려주러.

세 사람은 하얀 물길 위로 성큼 걸음을 내디뎠다.

| 작가의 말 |

한 곡 뽑자, 원구야

몇 해 전 섬에 가서 살아본 적이 있다. 섬이라는 곳이 그렇다. 사방이 바다로 둘러싸인 곳에 며칠도 아니고 2년씩이나 살게 되면 그런 생각이 자연스럽게 떠오르는 것이다.

에이 젠장, 심심해. 뭐, 그런 기분.

섬이란 숙명적으로 고립된 곳이다. 처음에는 파도라든가, 갈매기떼, 팔딱팔딱 뛰는 생선회(응?) 들에 흥분하다가도 어느 틈엔가 외부보다는 내면에서 들려오는 소리에 귀를 기울이게 되었다. 이건 물론 뻥이다. 하지만 고백하자면 섬은 어떤 의미로든 내게 강렬한 느낌을 주었다. 그래서.

섬에 관한 소설을 한편 쓰면 어떨까, 하는 생각이 스멀스멀 들었다. 소설을 써보겠다고 한 건, 기억났다. 어렸을 때 나는 계림문고 250권을 독파한 '문학 어린이'. 《보물섬》《15소년 표류기》《걸리버 여행기》《돈키호테》를 읽으며 남몰래 키득거리거나 눈물 찔끔 흘렸던 아름다운 시절이 내게 있었다. 그런 굉장한 이야기들이 밭에서 콩 나듯 생겨난 것이 아니라, 누군가가 만들어낸 이야기라는 것을 알았을 때 나는 충격을 좀 받았던 것 같다. 그렇다면 나도 이다음에 커서 뭘 만들어야 할 상황이 온다면 이왕이면 콩이나 팥보다는 소설을 만들어보고 싶다고 생각했다. 하지만 나는 꽤 조숙해서 소설가보다는 의사나 변호사가 되고 싶다고 하는 것이 어른들을 기쁘게 하는 일임을 눈치 챘다. 그래서 대외적으로 내 꿈은 의사나 변호사. 하지만.

나는 의사나 변호사도 되지 못했고 어른들도 내게 기대 따위 품지 않게 되었다. 게다가 나는 더 이상 조숙한 어린이도 아니었다. 아, 어찌나 다행인지. 그리하여 이런저런 이유들이 내가 소설을 쓰는 데 아무런 문제없는 상황으로 흘러가고 있었던 것이다. 착착. 그렇다고 해서.

소설을 쓸 수 있는 것은 아니었다. 섬에 대한 소설을 쓰자고 생각한 뒤에도 한참 동안 쓰지 못했다. 아아, 섬에는 소설 쓰는 일 말고도 꽤 많은 일들이 있었기 때문이다. 날씨도 기가 막혔고, 파도는 출렁이고, 친구들은 자꾸 놀러오고, 가족들도 놀러오고, 전 직장 상사도 놀러오고, 오늘은 광어회가 먹고 싶고, 다음날은 멍게도 먹고 싶고……. 육지로 돌아온 뒤, 한참 만인 어느 날.

문득 한 소년이 내 앞에 나타났다. 무인도에서 살며, 단 한 번도 섬을 떠난 적이 없는 소년. 라디오에서 들려오는 노래를 들은 게 전부지만 모창만큼은 기막히게 하는 소년. 네 이름은 뭐냐? 이름을 알려주기 싫다면 '원구' 쯤으로 해보자. 싫어도 할 수 없다. 이건 내가 만들어낸 이야기거든. 소년이 섬에서 떠나게 해보자. 철딱서니 없지만, 그래도 다른 어른들보다는 훨씬 착하고 의리도 있는 어른이 섬에서 데리고 나오면 좋겠다. 평생 섬에서 친구라고는 갈매기밖에 없었으니 대책 없이 재밌는 친구도 하나 사귀게 하자. 그렇게 해서 탄생된 인물이 변삼용과 만수다. 그다음부터 내가 할 일은 거의 없었다.

원구와 만수가 어찌나 쫓고 까불고 거침없이 내달리는지, 나는 그 뒤를 따라가는 것만으로 숨이 찼다. 매일 두 소년과 변삼용을 만나는 것이 즐거워 견딜 수 없었다. 원구가 노래를 하면 숨이 막혔고, 만수가 윈드밀을 하면 "오, 예~." 궁둥이가 들썩였다. "이 녀석들, 어쩔 셈이냐!" 하면서 녀석들을 뒤쫓는 것이 내가 할 수 있는 전부였다. 그렇게.

두 녀석과 변삼용은 제 멋대로 달렸다.

이건 내가 소설가가 아니라 마라토너나 술래가 된 것 같은 느낌이었다. 다른 사람들은 소설을 어떻게 쓰는지 몰라도 내 첫 소설은 정신없이 달리는 느낌, 그렇게 썼다. 심오한 주제의식이라든가, 유려한 미문이라든가, 섬세한 묘사가 전혀 없는 소설이라고 지적한다면 그건 원구가 너무 정신없이 내달렸던 탓이지 절대 내 탓이 아니다.

어느 어두운 구석에서 차디차게 잊혔을지도 모를 이 소설을 세상 밖으로 내달리게 해준 한겨레출판사 편집자들에게 고마운 마음 전한다. 그리고 도대체 무슨 꿍꿍이인지 굳이 캐내지 않고 묵묵히 지켜봐주신 부모님과 자매들, 그들이야말로 참으로 부단히 철없이 살다가 종내에는 소설을 쓰는 만행까지 저지를 수 있었던 나의 힘의 원천이자 든든한 지원군이다. 모두 고맙다.

바라건대, 원구와 함께 즐겁게 내달려주시길. 야호!